무림세가
전생랭커

무림세가 전생랭커 5

2021년 6월 24일 초판 1쇄 인쇄
2021년 6월 29일 초판 1쇄 발행

지은이 산보
발행인 김정수 강준규

기획 이기헌 왕소현 박경무 강민구
책임편집 천기덕
마케팅지원 배진경 임혜솔 송지유 이영선

발행처 (주)로크미디어
출판등록 2003년 3월 24일
주소 서울시 마포구 성암로 330 DMC첨단산업센터 318호
Tel (02)3273-5135 **편집** 070-7863-0307 Fax (02)3273-5134
홈페이지 rokmedia.com E-mail rokmedia@empas.com

ⓒ 산보, 2021

값 8,000원

ISBN 979-11-354-9851-0 (5권)
ISBN 979-11-354-9773-5 04810 (세트)

차례

1장

　눈을 뜬 유신운은 몸에서 활기가 넘쳐나고 있는 것을 깨달았다.

　빠르게 자신의 몸을 살피자 놀랍게도 지금까지 받았던 상처들이 모두 깨끗하게 회복된 것을 확인할 수 있었다.

　'아!'

　그는 뒤늦게 혼돈 추적자 칭호가 장착되며 발생한 효과라는 것을 알 수 있었다.

　칭호의 효과 중에 전투의 피해를 모두 회복하는 이런 사기적인 능력이 있었다니.

　생전 처음 보는 효과에 유신운은 놀라울 따름이었다.

　하지만.

놀랍게도 그것은 그에게 일어난 변화 중 가장 작은 일부분일 뿐이었다.

　'잠깐!'

　그 순간 유신운은 왜 지금 알았는지 모를 놀라운 사실을 알아챘다. 그건 다름 아닌 자신의 내부에서 느껴지는 기운이 하나뿐이라는 것이었다.

　'모든 기운이 융합되었다고?'

　그랬다. 내기, 음의 마나, 자연력이 하나로 합쳐져 있었다.

　믿기 힘든 일이었다. 그도 그럴 것이 세 기운들은 서로에 대한 반발력이 너무나 강했기 때문이다.

　심장에 음의 마나, 단전에 내기, 몸 전체에 자연력으로 지금껏 기운들을 각기 다른 공간에 분리해 놓고 부딪치지 않게 조심하고 있었다.

　하지만 지금 세 기운은 하나의 기운으로 합쳐져 지역을 구분 짓지 않고 전신에서 폭발적으로 끓어오르고 있었다.

　'……알 수 없는 존재의 힘 덕분인가.'

　유신운은 이 모든 것이 시스템 메시지에서 확인한 정체를 알 수 없는 존재의 힘 때문이라는 것을 알아차렸다.

　기쁨과 동시에 떨떠름함도 있었다. 놈이 자신의 몸과 정신을 장악하려 했던 게 떠올랐기 때문이었다.

　'……일단 빼앗은 힘은 요긴하게 사용해 주지.'

　그렇게 알 수 없는 존재에게 언젠가 큰 대가를 치르게 해 주겠다고 다짐한 유신운은.

-크아아아!

다시금 포효를 토해 내는 발록에게 시선을 돌렸다.

이어 전황을 살피던 유신운의 표정이 와락 구겨졌다.

'이 개자식이!'

발록의 공격에 몸의 반쪽이 형체를 알 수 없을 정도로 파괴된 유일랑의 처참한 모습을 뒤늦게 확인했기 때문이었다.

유신운은 치밀어 오르는 분노를 참지 못하고 곧바로 행동을 개시했다.

파바밧!

유신운의 몸이 제자리에서 감쪽같이 사라졌다.

그리고 찰나의 순간에 발록의 눈앞에 유신운의 신형이 나타났다.

그것은 마치 전설 속에서나 등장하는 '마음'이 있는 자리에 '몸'이 자리한다는 이신위정(移神位精)의 경지 같았다.

발록은 갑자기 자신의 눈앞에 나타난 유신운의 모습에 당황한 기색이 역력했다.

하지만 놈은 이내 정신을 차리고, 곧바로 마염이 타오르고 있는 자신의 주먹을 유신운에게 날렸다.

쐐애액!

단순히 주먹을 뻗는 것임에도 공기가 찢어지는 거대한 파공성이 귓전에 울려 퍼졌다.

그리고 발록의 공격을 따라 허공이 마염의 극한의 열기로 인해 일그러져 있었다.

스아아! 촤아아!

'지금이라면 가능하리라.'

그에 유신운은 자신의 융합된 기운을 융독겸에 흘려보내며, 완전히 새로운 시도를 하기 시작했다.

파즈즈즈! 스으으으!

붉게 물든 융독겸의 낫날에서 뇌전이 미친 듯이 튀어 오름과 동시에 끔찍한 독기가 피어오르기 시작한 것이다.

뇌운십이검 + 융독겸.

융합기(融合技).

잔독류하(殘毒流河).

어느새 융독겸의 낫날에 선명히 솟아오른 겸강에 독기의 막이 한 번 더 씌워졌다.

그리고 마침내.

발록의 주먹과 융독겸이 격돌하였다.

콰아아앙! 콰가가가!

단 일 합이 맞닿았음에도 거산이 무너지는 듯한 폭음과 함께 거대한 충격파가 주변을 휩쓸었다.

지축의 흔들림이 서서히 잦아들고, 드러난 두 존재의 모습은 확연히 달랐다.

너무도 여유로운 모습을 보이는 유신운과 달리.

─크아아아!

발록은 잘려 나간 자신의 손을 움켜쥐고 고통에 찬 신음을 쏟아 내고 있었던 것이다.

발록의 손이 있던 자리에 뼈와 살점이 보이는 단면이 생겨 있었다.

끄르르!

상처는 뇌기에 의해 새까맣게 타들어 가 있었는데, 곧이어 상처 부위에서 부글부글 독 거품이 끓어오르며 녹아 내리기 시작하였다.

융독겸의 권능과 뇌운십이검이 합쳐진 결과였다.

'됐군.'

유신운은 자신의 생각이 완벽하게 이뤄진 모습을 보며 회심의 미소를 지어 보였다.

본래 보패는 오로지 자연력으로만 사용이 가능했다.

아무리 내기를 쏟아부어도 융독겸은 모조리 거부하고 도로 뱉어 내었다.

그런데 세 가지의 기운이 하나로 합쳐진 기운은 융독겸이 거부 없이 받아들였고, 그 모습을 보며 유신운은 즉흥적으로 잔독신혈과 뇌운십이검의 뇌광류하를 융합하여 사용한 것이었다.

‘이번에는 또 어떤 짓을 해 볼까.’

생명이 걸린 전투를 치르고 있음에도 유신운의 눈동자는 장난감을 찾은 어린아이의 그것처럼 반짝반짝 빛나고 있었다.

다음 행동을 결정한 유신운이 소환수들을 향해 가볍게 손을 뻗었다.

좌아아아! 파아앗!

"호백희원."

유신운의 말이 끝난 순간 찬란한 빛 줄기가 그의 모든 소환수들에게 닿았다.

이번에는 음의 마나와 자연력을 합쳐 사용해 보았다.

[플레이어가 히든 조건을 발견하였습니다.]

['호백희원' 스킬의 효과가 증폭됩니다.]

['호백희원'의 적용 대상이 아군 대상 전원으로 변경됩니다.]

['호백희원'의 숨겨진 효과가 발동됩니다.]

[1시간 안에 사망한 모든 소환수들이 30분의 시간 동안 부활합니다.]

유신운의 눈앞에 시스템 메시지가 떠오름과 동시에 발록에게 입은 소환수들의 상처가 모조리 회복되기 시작했다.

본래 한 명만에게 적용이 되었던 호백희원이 자연력과 음의 마나가 융합되어, 모든 소환수들에게 적용되었다.

지면에 소환진이 다시금 그려지고 역소환되었던 소환수들이 몸을 일으켰다.

게다가 그것이 다가 아니었다.

두두! 드그그!

그렇게 온전한 힘을 되찾은 모든 스켈레톤들과 몬스터들에게서 낯익은 황금빛 기운이 쏟아지기 시작했다.

유신운의 몸에서 흘러넘치는 것과 동일한 기운이었다.

['……'의 힘이 소환수 전원에게 깃듭니다.]

[모든 소환수들의 격이 상승합니다.]

[모든 소환수들의 상태가 변화합니다.]

유신운의 기운을 전해 받아 움직이는 스켈레톤들과 몬스터들에게 또 다른 변화가 일어나고 있었다.

-크르, 르르.

이제 겨우 고통을 추스르고 상황을 파악한 발록이 지금까지의 자신만만함과는 다르게 경계의 울음소리를 토해 냈다.

그의 생존 본능이 위험 신호를 보내고 있었다.

그리고 발록은 유신운을 살심이 아닌 다른 감정이 담긴 눈으로 바라보았다.

그 모습을 보며 유신운이 피식하고 비웃음을 흘렸다.

유신운이 지금껏 상대한 적들에게서 자주 보아 온 익숙한 눈빛이었다.

"공포를 느꼈으면, 넌 끝난 거야."

그가 발록을 쳐다보며 나지막하게 말을 꺼냈다.

-크롸라라!

그 말을 들은 발록이 마염을 폭주시키며 유신운에게 달려들었다.

처척. 처처척.

그러나 그 앞을 어느새 변화가 끝난 소환수들이 가로막았다. 다시금 선두에 선 유일랑이 모두를 통솔하고 있었다.

"죽여."

유신운이 명령하자, 언데드 군단이 발록에게 쏟아졌다.

소환수들 모두 각자의 회심의 일격을 발록에게 쏟아부었다.

콰가가가! 콰아앙!

전투의 양상은 이전과 천양지차로 달라져 있었다.

소환수들의 격이 상승하였다는 말은 거짓이 아니었다.

새로운 기운이 깃든 소환수들은 발록 최대의 강점이었던 강대한 방어력을 허사로 만들었다.

스켈레톤들의 무기에 피어오른 황금빛의 검사와 강기는 발록의 피부를 그대로 꿰뚫어 버렸다.

그 상처에서 흘러나오는 핏물을 뱀파이어 로드가 흡수하였고, 바실리스크가 칼날 같은 꼬리로 놈의 허벅지에 구멍을 내었으며.

드라이어드 퀸이 덩굴로 놈을 옴짝달싹 못 하게 붙잡는 동안, 라이칸스로프가 목덜미를 물어뜯었다.

마지막으로 허공에서 내리꽂히는 비유의 염탄은 화염의 지배자인 발록의 얼굴을 반쯤 녹아 버리게 만들었다.

-크아아아!

한계를 벗어난 고통에 발록이 발버둥을 쳐 댔다.

그 순간 만신창이가 된 발록을 지켜보던 유신운이 돌연 앞으로 전광석화처럼 질주했다. 소환수들이 만들어 낸 놈의 목숨을 끊을 절호의 기회를 알아차린 것이었다.

파아아앗!

찬란하게 빛나는 그는 한 줄기의 섬광 같았다.

허공으로 펄쩍 뛰어오른 유신운은 강기와 독기가 흘러넘치고 있는 융독겸의 낫날을 발록에게 휘둘렀다.

-끄어, 어어!

발록은 한쪽만 남은 눈으로 유신운을 쫓으며 공격을 막아 보려 노력했지만.

안타깝게도 그 처량한 몸짓보다 유신운이 수배는 빨랐다.

서거걱! 서걱!

융독겸의 낫날이 발록의 몸을 십자로 교차했다.

끔찍한 절삭음과 함께 발록의 하나 남은 눈동자가 서서히 생기를 잃고 잿빛으로 물들기 시작했다.

그와 동시에 놈의 거대한 몸에 붉은빛의 실금이 생겨났고.

쩌저적! 쩌적!

곧이어 발록의 몸뚱이가 수많은 살덩어리로 갈가리 찢겨져 지면을 나뒹굴기 시작했다.

착지한 유신운이 일말의 동정심도 없는 눈빛으로 그것들을 바라보던 그때.

'지옥에서 네 동료들이나 기다려라.'

그의 눈앞에 수많은 시스템 메시지가 떠오르고 있었다.

[재앙, '발록'을 처치하였습니다.]

[보상으로 '최상위 마나석'을 획득하였습니다.]

[경험치가 최대치에 도달했습니다.]

[레벨이 상승하였습니다.]

[81레벨을 달성하였습니다.]

[특성, '사령술'이 SS+랭크를 달성하였습니다.]

[모든 사령술 관련 스킬에 추가 숙련도를 획득합니다.]

[스킬, '스켈레톤 마스터리'의 숙련도가 최대치에 도달하였습니다.]

[스킬, '스켈레톤 마스터리'의 랭크가 SS+가 되었습니다.]

[랭크 상승으로 동시에 소환 가능한 권속의 숫자가 130기가 되었습니다.]

[보유 권속에 새로운 소환수가 추가됩니다.]

[신규 스킬, '참수기사(斬首騎士), 듀라한 마스터리(SS+)'의 봉인이 해제되었습니다.]

[신규 스킬, '사자 감염'의 봉인이 해제되었습니다.]

[신규 스킬, '악몽의 영역'의 봉인이 해제되었습니다.]

[신규 스킬, '영혼 복종'의 봉인이 해제되었습니다.]

[신규 스킬, '그랩 하트'의 봉인이 해제되었습니다.]

[신규 스킬, '혼돈 폭풍'의 봉인이 해제되었습니다.]

[최초 처치 보상으로 신규 보패, 육혼번(六魂幡)을 획득하였습니다.]

[최초 처치 보상으로 신규 보패, '흑마염태도(黑魔炎太刀)'를 획득하였습니다.]

[최초 칭호, '마왕 시해자'를 획득하였습니다.]

슈아아아! 좌아아!

발록을 해치우자 유신운에게 깃들었던 힘이 사라지기 시작했다.

아무래도 일시적으로 주는 힘인 모양이었다.

'8재앙과 싸울 때만 힘을 빌려 주겠다 이건가.'

그러나 유신운은 맛본 이 강대한 힘을 그대로 건네줄 생각이 없었다.

유신운은 빠르게 사라지는 힘의 일부를 끄집어내어 급히 뇌에 저장해 놓았다.

뇌 쪽에 어떤 여파가 일어날지 모르지만, 지금 자신의 내부에 힘을 저장할 곳은 그곳밖에 없었다.

그리고 곧이어 모든 힘이 사라졌다.

정체를 알 수 없는 힘이 사라지자, 압도적인 피로감이 몰려오고 있었다.

손님들이 오기 전에 잠깐이나마 땅바닥에 몸을 뉘이고 싶었지만.

유신운은 한숨을 내쉬며 몸을 움직였다.

아직 할 일이 남아 있었다.

"후, 힘들어도 할 일은 해야지."

유신운은 발록의 사체에 자신의 손을 뻗었다.

언제나 웃음소리와 환희만이 가득하던 항주의 거리가 불길과 혼란에 휩싸였다.

"끄아아!"

"사, 살려 줘!"

그뿐만이 아니었다. 끔찍한 비명과 신음이 곳곳에서 터져 나오고 있었다.

"한 놈도 남김없이 모조리 죽여라!"

숙룡대주 조일현이 수하들에게 연신 소리치고 있었다.

그의 명령대로 죄 없는 양민들에게 시퍼런 칼날을 휘두르는 구룡방 무사들의 핏발이 선 눈엔 광기가 엿보였다.

시간을 벌기 위해 대량 학살을 벌이고 있는 것이었다.

그때 조일현은 가늘게 뜬 눈으로 전황을 살폈다. 이어 그의 눈살이 찌푸려졌다.

'쯧, 역시 금의위는 금의위인가…….'

구룡방 무인들의 수가 수배는 많았음에도, 금의위에게 밀리고 있었기 때문이었다.

황궁 제일의 실력자들로 선별된 금의위들은 명성대로 구성원 한 명, 한 명이 매우 뛰어난 실력을 지니고 있었다.

조일현은 당장이라도 은총의 힘을 발휘하고 싶었지만, 그럴 수 없음에 이를 악물었다.

황제의 최측근인 유자량 앞에서 은총의 힘을 발휘했다가는 그 소식이 황제의 귀에 곧바로 들어가게 될 것이었다.

그렇다면 이곳을 무사히 빠져나간다 하더라도 교의 대계를 어지럽힌 자신들은 죄를 면하기가 힘들었다.

그렇기에 염천석은 미리 그에게 은총의 힘을 발휘하지 말라고 명령을 내렸다.

거기까지 생각이 닿은 조일현은 걱정 어린 얼굴로 진법의 힘에 가려진 구룡방을 슬며시 바라보았다.

'한데 이쯤 되면 령주님께 설치가 완료되었다는 신호가 왔어야 하거늘……. 혹여 내부에 무슨 일이 있는 것인가.'

그의 표정에 의문만이 떠오르던 그때였다.

푸욱!

"크억!"

느닷없이 그의 배를 뚫고 시퍼런 칼날이 튀어나왔다.

파르르 떨리는 눈으로 그가 뒤를 돌아보자 그곳에는 얼음 장처럼 차가운 눈빛을 하고 있는 유자량이 자리하고 있었다.

작은 기척조차 감지하지 못했건만, 유자량은 어느새 그의 등 뒤를 파고든 것이었다.

좌아악! 서거걱!

유자량은 그대로 칼을 머리끝까지 베어 올렸다.

끔찍한 절삭음이 울려 퍼짐과 동시에 힘을 잃은 조일현의 몸뚱이가 바닥에 엎어졌다.

'후, 일단 적장은 모두 잡았군. 이러면 유마혈고는 신경 쓰지 않아도 되겠어.'

독고를 폭주시키는 것은 대주들만이 가능한 것 같았기에, 유자량은 그들을 죽이는 것을 급선무로 삼았다.

유마혈고를 터뜨린다면 양민들의 피해가 기하급수적으로 늘어날 것이기 때문이었다.

그렇게 마지막 적장이 확실히 죽은 것을 확인한 유자량은 곧장 짙게 깔린 안개의 코앞까지 빠르게 이동했다.

그곳에는 금의위에게 호위를 받고 있는 한 사내가 비지땀을 쏟고 있었다.

유자량이 진중한 표정으로 조심스레 말을 꺼냈다.

"성과는 좀 있는가?"

"후우, 최선을 다하고는 있습니다만…… 쉽지가 않습니다."

한숨을 내쉬며 대답하는 이의 정체는 다름 아닌 제갈군이었다.

갑작스러운 소요에 줄행랑을 친 항주의 다른 세력들과 달리 유신운의 명령을 듣고 미리 대기하고 있던 백운표국의 무인들은 곧장 합류해 유자량과 금의위를 돕고 있었던 것이다.

그중 제갈군은 진법에 재주가 있었기에, 유자량의 부탁을 받고 구룡방의 진법을 파훼하고 있었다.

"그래도 지금 이 진법을 파훼할 이는 그대밖에 없네. 조금만 더 힘내 주시게."

"알겠습니……."

유자량의 말에 자신 없는 표정으로 대답하던 제갈군은.

우우웅! 우우웅!

"……어, 어어?"

별안간 거대한 공명음을 발휘하기 시작한 진법을 살피며 당황한 반응을 쏟아 내기 시작하였다.

'이건!'

"흐업!"

뒤늦게 진법의 이상 현상을 파악한 유자량이 이후 일어날

일은 짐작하고 제갈군의 뒷목을 덥석 잡고 몸을 날렸다.

그리고 다음 순간.

콰아아아! 콰가가가!

천지가 진동하는 듯한 거대한 폭발음이 터져 나왔다.

쏟아지는 충격파에 전투를 치르던 양 진형의 모든 무인들이 잠시 행동을 멈추고, 당황한 표정으로 폭음이 들려온 곳을 향해 눈을 돌렸다.

놀랍게도 서서히 진법이 해체되고 있었다. 눈앞을 가로막던 짙은 안개가 서서히 걷히고 있는 것이다.

"……!"

"저, 저게 무슨!"

그리고 곧이어 구룡방의 전경이 드러나자, 사람들은 하나같이 경악하며 눈을 커다랗게 떴다.

한데 그럴 수밖에 없었다.

안개가 걷히자 구룡방이 있었던 자리에는 마치 운석이 떨어진 것처럼 거대하게 파인 구덩이 말고는 아무것도 없었던 탓이었다.

황량한 폐허가 된 장소를 바라보는 구룡방 무사들의 얼굴에 절망이 떠올랐다.

'기회다!'

유자량은 그 틈을 놓치지 않고 공력을 끌어 올려 커다랗게 사자후를 터뜨렸다.

"염천석은 이미 내 손에 죽음을 맞이했다! 잔당들을 섬멸하라!"

그에 사기충천한 병사들이 구룡방의 무인들을 휩쓸어 버리기 시작했다. 곧이어 싸움은 급속도로 마무리되고 있었다.

그로부터 잠시 후.

유자량은 구룡방의 잔당들을 하나도 남김없이 모두 베고, 구룡방의 폐허 속으로 들어와 있었다.

그는 깊게 파인 구덩이 속으로 몸을 날렸다. 그러곤 허리를 굽혀 흔적을 유심히 살피기 시작했다.

'화약의 흔적이다. 이 정도로 강대한 파괴력이라면…… 설마! 폭벽뢰인가.'

유자량은 금의위의 수장답게 폭발의 원인을 금세 유추해 내었다. 그의 표정이 사뭇 심각해졌다.

폭벽뢰는 그 위험성을 깨달은 황궁이 금의위와 동창뿐 아니라 금군의 전 인원을 동원해 전국 각지에서 전량을 모두 회수하여 금고에 봉인시켜 놓았다.

한데 금고에 있어야 할 물건이 이곳에 있었다는 건 한 가지 사실을 말해 주는 것이었다.

'……설마 황궁에 내통자가 있다는 것인가.'

그가 침음을 삼키던 찰나.

"찾았습니다!"

현장을 살피던 금의위 무사 중 하나가 커다랗게 소리쳤다.

한걸음에 달려간 유자량의 눈앞에 화기에 까맣게 타들어 간 시신 하나가 있었다. 그리고 그 옆으로 반으로 부러진 거대한 칼이 놓여 있었다.

"뼈의 크기와 남은 복장의 흔적, 그리고 흑천도까지. 시신의 주인은 염천석이 확실한 것 같습니다."

수하의 말을 들은 유자량은 작게 고개를 끄덕였다.

자신이 보아도 시체는 염천석의 것이 분명해 보였다.

아무래도 포위망이 좁혀 오자, 살아나갈 구멍이 없다고 판단하고 자폭을 선택한 것 같았다.

'흐음!'

하지만 왜일까.

유자량은 마음 한편에 왠지 모를 찝찝함이 남는 것을 숨길 수 없었다.

순간 그가 다시금 주변을 넓게 훑어보았다.

'……아주 사소하기는 하지만 분명히 전투의 흔적이 있단 말이지.'

어지러운 잔해 속에서 격전이 벌어졌던 증거로 보이는 요소들이 그의 눈에 조금씩 밟히고 있었다.

'설마 누군가가 진법 안에 진입하였단 말인가?'

그의 머릿속에 의문이 차오르던 그때.

"자량, 어디 다친 곳은 없는가?"

뒤에서 들려오는 익숙한 목소리에 유자량이 고개를 돌렸다.

거기에는 다름 아닌 유신운과 그가 부축을 하고 있는 강위소가 자리하고 있었다.

유자량의 시선은 조용히 말을 아끼고 있는 유신운에게 줄곧 향했다. 연회장에서 적을 쫓아 사라졌던 그는 전투가 모두 마무리되고 나서야 나타났다.

게다가 사라졌던 그 잠깐 사이에 유신운의 경지가 한 단계 더 발전한 것이 보였다. 무슨 일이 있었던 게 분명했다.

'무언가 비밀이 있는 듯한데…….'

하지만 깊은 의심이 담긴 유자량의 눈빛을 유신운은 조금도 피하지 않았다.

유신운의 태도는 당당하기 그지없었다.

"왜 대답이 없는가? 자네 정말 어디 다치기라도 한 것인가?"

"으응? 아, 아니네. 걱정하지 않아도 되네."

친우의 걱정에 유자량이 퍼뜩 정신을 차리고 대답을 하였다.

"한데 자네…….''

다음 순간 유자량은 유신운에게 무언가를 캐물으려 했다.

하지만 그보다 강위소의 말이 한 박자 더 빨랐다.

"크흑! 고맙네, 너무도 고맙네!"

강위소는 친우가 무탈한 것을 확인하자, 부축을 받고 있던 유신운의 품에서 조심스레 벗어나 유신운에게 대뜸 절을 하기 시작했다.

　그러곤 뜨거운 눈물을 흘리며 유신운에게 감사를 표했다.

　유신운은 당황한 표정으로 그를 일으키려 했지만, 강위소는 몸을 일으키지 않았다.

　"왜 이러십니까, 안찰사님."

　"아니네. 제발 받아 주게. 자네가 아니었다면 내 딸은 이미 산 사람이 아니었을 것이네."

　오열하는 친우의 모습을 보며 유자량은 작게 신음을 흘렸다.

　'……그래, 이자가 단예를 구해 줬었지.'

　잠시 잊고 있었던 유신운이 강위소의 딸을 구출하였다는 사실이 떠오른 까닭이었다.

　슬하에 자식이 없는 유자량은 평소 강위소의 딸인 단예를 자신의 자식처럼 아꼈다.

　눈물을 쏟아 내던 강위소는 결국 최악에 이른 몸 상태 때문에 얼마 버티지 못하고 정신을 잃고 쓰러졌다.

　유자량은 급히 수하에게 강위소를 의원에게 데려가도록 명령했다.

　그렇게 유신운과 유자량 둘만이 남은 순간.

　'그래, 지금 중요한 것은 이 아이가 아니지.'

유자량은 유신운에 대한 모든 의문을 그냥 덮기로 하였다. 친우의 은인을 함부로 대할 수는 없는 노릇이었기 때문이었다.

　결정을 한 유자량이 나지막한 목소리로 유신운에게 말을 꺼냈다.

　"자네의 도움을 내 절대 잊지 않을 것이네."

　그에 유신운은 옅은 미소를 지으며 고개를 주억일 뿐이었다. 그렇게 유신운은 황궁의 끈을 손에 쥐게 되었다.

　　　　　　　　　　　⌣

　이튿날.

　절강성의 모든 이들은 혼란에 휩싸여 있었다.

　정말이지 믿을 수 없는 일이 벌어졌기 때문이었다.

　수십 년간 절강성을 쥐락펴락하던 사파의 거두 구룡방이 유자량과 금의위의 손에 멸문하였다는 이야기가 퍼진 것이었다.

　백운표국의 장자가 매몰되었던 표물을 되찾으며 황제의 화가 풀린 것으로 알고 있던 그들은 당황스러울 따름이었다.

　하지만 곧이어 연회장에서 유신운이 구룡방이 지금껏 비밀리에 행해 온 온갖 악행을 고하였고, 모든 것이 사실로 밝혀지자 두 세력 간에 일대 대전이 벌어졌다는 말에 경악을 하였다.

　마약과 인신매매.

　자신이 철저히 금한 대죄를 저지른 구룡방의 행동에 황제
는 엄청난 분노를 쏟아 내었다.

　―흉악무도한 악적들에 의해 백성들이 도탄에 빠져 있던
것을 몰랐다니. 짐은 부끄러움과 함께 분노를 가라앉히기 어
렵도다. 뒤늦게나마 일을 바로잡고자 하니, 이 천인공노한
일에 관련된 이는 모조리 극형으로 죗값을 치르도록 하라.

　이 일련의 사태에 사파의 맹주 사파련은 모든 것이 무림맹
의 계략이라며 들고일어나려 했다.

　하지만 놀랍게도 구룡방의 행적에 구파일방의 일원인 황
산파도 껴 있다는 것을 듣고, 그들은 금세 잠잠해졌다.

　이번에는 무림맹이 난리가 났다.

　정파의 태두 중 한 곳이 입 밖에 내기조차 어려운 범죄에
가담하다니.

　결코 있을 수 없는 일이 벌어졌다.

　무림맹 또한 급하게 입장을 발표했다.

　그들은 황산파를 무림맹에서 퇴출하고, 절강성 지부에서
그들이 행한 악행을 철저히 조사하겠다고 발표했다.

　하지만 그것은 황제의 심기를 어지럽힐 뿐이었다.

무림세가
진행랩저

황제는 절강성의 무림맹 지부를 모두 내쫓아 버렸다. 그리고 절강성의 무인들을 관리하는 새로운 조직을 설립할 것임을 천명하였다.

관과 무림의 불가침 조약의 근간을 흔드는 일이었지만, 조약을 먼저 깨뜨린 것은 무림이었기에 무림맹과 사파련 모두 일언반구의 말도 하지 못했다.

그런 시점에 유자량을 도와 구룡방과 싸운 백운표국은 엄청난 명성을 얻게 되었다.

유자량이 대놓고 유신운의 뒷배를 봐준다는 소문과 황제가 만든다는 새로운 조직의 중심에 백운표국이 자리한다는 소문마저 돌고 있었다.

그렇게 새로운 절강성의 지배자는 백운표국과 유신운이 되어 가고 있었다.

＊

구중심처에 숨겨진 혈교의 마신궁.

본궁의 대전에 위치한 제단에 도깨비불이 하나둘씩 빛을 발하며 나타나기 시작했다.

월례회가 소집된 것이었다.

이전 회의에서는 도깨비불이 6개였지만, 이번에는 총7개의 불꽃이 허공에 떠올랐다.

그것은 임무의 막중함으로 항시 불참하던 진령주와 곤령주마저 참석했다는 뜻이었다.

시간이 계속해서 지나고 있음에도 싸늘한 침묵이 이어지고 있었다.

그들을 소집하게 한 사건의 중대함에 누구도 함부로 말을 꺼내지 못하고 있는 것이었다.

그런 좌중의 고요함을 깨뜨린 것은 혈교의 총군사직을 맡고 있는 이령주였다.

─……아시다시피 사흘 전, 청룡검 유자량에 의해 구룡방이 멸문했습니다.

이령주는 다른 말없이 곧바로 본론으로 들어갔다.

그의 말이 끝나자 몇몇 령주들에게서 침음이 새어 나왔다.

이령주는 말을 이어 갔다.

─항주를 빠져나와 교로 돌아온 태령주 휘하의 생존자는 극소수에 불과합니다. 그리고 발 빠르게 첩보조를 투입한 결과…… 태령주는 목숨을 잃은 것으로 확인되었습니다.

그들은 충격을 금치 못했다.

어느 누가 예상이나 했겠는가.

팔령주의 사망이라니!

마신께 상상을 초월한 힘을 부여받은 이후, 그들에게 죽음의 공포는 사라진 지 오래였다.

그때 간령주가 당최 이해할 수가 없다는 투로 말을 꺼냈다.

-한데 이상하지 않은가? 유자량이 화경의 끝자락이라고
는 하나, 은총의 힘을 발휘했다면 위급한 상황에서 도주하는
것까지는 가능했을 터이거늘.

　-저도 그것이 의문스러워 조사해 본 결과. 금군에 이송된
수하들의 시신에 은총을 발휘한 흔적이 없는 것으로 확인되
었습니다. 혹여 교의 정체를 들킬까 본인도, 수하들도 은총
의 힘을 발휘하지 않은 것으로 사료됩니다.

　이령주의 대답에 간령주와 건령주가 차례로 말을 이어
갔다.

　-흥, 멍청한 놈이 가는 길에 한 가지는 잘했군.

　-그렇다면 말이 되는군. 은총을 발휘하지 않은 놈의 경지
는 화경 중급. 고작 그 정도로는 유자량을 당해 내지 못할 수
밖에 없지.

　그에 손령주와 감령주 또한 말을 보탰다.

　-우리에게 비밀로 숨겨 왔지만, 마약과 제물 들을 숨겨
놓은 비밀 뇌옥들이 의문인에게 지속적으로 습격당했다는
것을 생존자들에게서 확인했다. 이건 모두 태령주가 자초한
결과다.

　-이해할 수가 없군요. 교의 대계를 십 보 후퇴하게 하는
이따위 멍청한 짓거리를 하다니 말이에요.

　그들의 냉담한 목소리에는 목숨을 잃은 태령주에 대한 연
민 따위는 조금도 느껴지지 않았다.

그때 모두의 말을 조용히 듣고 있던 진령주가 나지막한 목소리로 말을 꺼냈다.

　　─대계가 후퇴했다고 보기에는 조금 섣부른 감이 있군.

　　진령주의 말에 모든 령주들의 이목이 집중되었다.

　　그는 모든 령주들의 가장 큰 경계 대상이었다.

　　월례회에 몇 번 참석하지 않고, 그다지 말도 하지 않지만 령주들 사이에서 발언권이 가장 강력했다.

　　한데 그럴 수밖에 없었다.

　　진령주는 마신에게 선택받은 최초의 령주였으며, 그들을 혈교에 입교시킨 장본인이었으니까.

　　─흐흐, 본인은 그게 무슨 이야기인지 모르겠군요. 자세히 설명해 줄 수 있나요?

　　곤령주가 특유의 괴상한 웃음소리를 내며 말했다.

　　모두가 숨을 죽인 순간, 진령주가 말을 이어 나갔다.

　　─현재 구룡방의 멸문으로 사파련과 무림맹의 사이가 그 어느 때보다 싸늘하게 냉각되었다. 난리를 치고 있는 황궁 때문에 두 곳 다 바짝 엎드린 채 숨을 죽이고 있지만, 그 내부는 활화산의 그것처럼 끓어오르고 있지.

　　그의 말에 몇몇 령주들이 탄성을 내뱉던 그때.

　　진령주가 하던 말을 완성시켰다.

　　─기폭제가 될 사건만 만들 수 있다면, 예정했던 정사대전의 개전을 대폭 앞당길 수 있다는 뜻이다.

혈교의 자금로 중 상당한 부분을 차지하던 구룡방이 절멸하자, 걱정만이 앞서던 다른 령주들과 달리 진령주는 위기를 기회로 보고 새로운 계획을 만들어 내었다.

다른 령주들은 감탄을 금치 못했지만, 그와 동시에 짙은 경계의 심정이 떠올랐다.

종말의 날이 왔을 때, 마신의 첫 번째가 되기를 원하는 그들은 동료임과 동시에 경쟁자들이었다.

ㅡ충분히 일리가 있군요. 말씀하신 단초가 될 사건은 저희가 맡아 계획해 보겠습니다.

이령주가 고개를 끄덕이며 말했다.

ㅡ청룡검은 어쩔 생각이지? 감히 교에 칼을 들이댄 놈을 가만히 냅둘 생각인가?

ㅡ홍홍, 그것은 걱정하지 않아도 된답니다. 어차피 저의 계획에 청룡검의 주살도 포함되어 있었으니까요.

곤령주의 말에 간령주가 '그럼 안심해도 되겠군.' 하고 작게 중얼거렸다.

곤령주는 황궁에 잠입해 있었던 것이다.

ㅡ한데 저희가 경계해야 하는 이가 한 사람 더 있습니다.

ㅡ청룡검 말고 또 있단 말인가?

ㅡ백운표국의 유신운입니다.

손령주의 질문에 이령주가 모두의 귀에 익숙한 이름을 꺼냈다.

-유신운? 놈이라면 분명…….

　-예, 이전의 사고와 관련이 있던 바로 그자입니다. 그리고 놈이 구룡방의 마약을 밝혀 낸 장본인이고요.

　-하! 철저히 실력과 심기를 숨기고 있었던 것인가. 가벼이 볼 놈은 아니군.

　-놈은 내가 맡지. 그딴 시답잖은 아해의 목숨을 거두는 것 정도는 일도 아니니.

　-예, 그리해 주시면 될 듯합니다. 다만 현재는 황제의 관심이 집중되어 있으니, 조금 시간을 두고 실행해 주시지요.

　손령주가 유신운의 암살을 맡겠다는 의사를 밝히자 이령주가 작은 당부의 말을 덧붙였다.

　-쯧, 어찌 됐건 이로써 절강은 더 손쓰기가 어려워졌군.

　-그들이 자그마한 행복감에 취해 있을 때, 즐기도록 내버려 두지요. 어차피 그날이 오면 성째로 모든 것들을 태워 버리면 그만입니다.

　칠령주들이 내뿜는 짙은 살의가 대전을 가득 뒤덮었다.

　잠시 후 월례회가 모두 끝나자 도깨비불이 하나둘씩 사라졌다.

　그리고 마지막에 남은 진령주의 불꽃마저.

　-유신운이라…….

　의미심장한 혼잣말을 남기며 이내 사라졌다.

같은 시각.

절강성 부양.

"이, 이건 말이 안 됩니다!"

어딘가를 내려다보고 있는 한 남자가 경악한 눈빛을 띠고 있었다. 연신 같은 말을 반복하며 중얼거리던 그는 이내 떨리는 눈으로 이곳까지 함께 온 다른 이에게 시선을 돌렸다.

거기에는 환한 미소를 짓고 있는 유신운이 자리하고 있었다.

그는 다름 아닌 부양을 찾은 유신운에게 땅을 소개해 주었던 거간꾼이었다.

"뭐가 말이 안 된다는 것인가?"

그때 유신운이 어깨를 으쓱하며 거간꾼에게 말을 꺼냈다.

거간꾼은 눈앞에 펼쳐진 광활한 땅을 보며 할 말을 잃었다.

그곳은 지난번 유신운이 부양에 방문하였을 때, 대량으로 구매했던 땅들이었다.

다만 그 땅들은 매입할 당시와 모든 것이 달라져 있었다.

"아니, 그 땅들이 어떻게 하루아침에 이렇게……."

"그래, 자네의 말대로 비옥한 옥토이지 않은가."

거간꾼이 어안이 벙벙한 표정으로 입을 열던 찰나, 유신운이 말을 끊으며 대답했다.

그랬다. 유신운이 살 당시만 하더라도 지력이 쇠할 대로 쇠해 쓸모없는 불모지였던 땅들이 한눈에 보기에도 윤기가 흐르는 옥토로 변해 있었던 것이었다.

그러던 그때 허리를 숙여 손으로 흙을 만져 본 왕삼이 감탄을 쏟아 냈다.

"국주님, 단언컨대 이런 땅은 뭘 심어도 풍년이 찾아올 겁니다."

"내 생각에도 그렇구나."

마음이 새까맣게 타들어 가는 거간꾼과 달리 유신운과 왕삼은 서로 웃고 떠들고 있었다.

'후후, 누가 예측이나 할 수 있었겠어. 산사태로 인해 불모지가 옥토로 탈바꿈될 거라고 말이야.'

이 모든 변화는 황제의 표물이 묻히는 사건이 벌어졌던 부양 산사태의 또 다른 여파였다.

보통 산사태가 일어나면 암석과 흙더미 들로 농토가 망가지기 일쑤였지만, 유신운이 산 곳들은 모두 예외였다.

산의 영기가 담긴 부분이 덮친 탓이었다.

본래 토기가 충분한 땅은 영기가 파고들지 못하고 그대로 흩어지지만, 유신운이 산 땅은 토기가 아예 사라진 죽은 땅이었기에 영기가 그대로 모두 스며든 것이었다.

산의 영기는 곧 생기였다. 죽었던 땅들은 모두 최고의 옥토로 변했다.

유신운이 이전에 불모지를 매입한 것은 이런 미래를 모두 예측했기 때문이었다.

'이, 이걸 어쩐단 말인가…….'

거간꾼은 식은땀을 줄줄 흘리고 있었다.

이른 새벽부터 자신이 팔았던 땅이 옥토가 된 것을 확인한 땅의 전 지주들이 그에게 몰려와 다시 내놓으라고 난리를 피웠기 때문이었다.

'이놈들이 제발 팔아 달라고 할 때는 언제고!'

지주들은 모두 부양에서 이름 꽤나 날리는 거부들이었다. 그런 이들에게 한꺼번에 눈 밖에 난다면 부양에서 거간꾼으로 살기란 불가능에 가까웠다.

거간꾼은 땅을 구입할 때의 어리숙했던 유신운을 떠올리며 다시 한번 사기를 쳐 보기로 결정했다.

"에이, 나리! 농사가 얼마나 힘든 일인데, 섣불리 뛰어 드려 하십니까. 그러지 마시고 땅의 전 주인 분들이 마음이 바뀌어 갑절의 가격을 드린다는데, 이 기회에 다시 땅을 되팔아 큰 이윤을 얻으시지요."

그러나 고개를 돌려 그를 바라보는 유신운의 눈빛은 애송이 같던 당시와는 천양지차로 달랐다.

얼음장처럼 차가운 눈빛으로 그를 바라보던 유신운이 입꼬리를 슬며시 말아 올리며 대답했다.

"내가 왜?"

그의 거짓은 조금도 먹히지 않았다.

큰일 났다는 것을 직감한 거간꾼이 땅바닥에 무릎을 꿇었다. 그러곤 양손을 비비며 싹싹 빌기 시작했다.

"나, 나리! 제발 한 번만 살려 주십시오!"

하지만 유신운은 곧바로 그에게서 시선을 거두고, 다른 곳으로 발걸음을 옮기기 시작했다. 그는 자신을 등쳐 먹으려고 한 저따위 사기꾼에게 일말의 동정심도 들지 않았다.

왕삼이 쯔쯔 혀를 차며 그런 유신운을 뒤쫓았다.

잠시 후…… 유신운과 왕삼은 타고 왔던 마차 앞에 도착하였다.

유신운이 마차의 휘장을 걷어 주며 왕삼에게 말을 꺼냈다.

"마차 안에서 기다리고 있거라. 이야기가 조금 길어질 것 같구나."

"또 농기구들을 잔뜩 사 오시려고요?"

마차 안으로 들어서며 왕삼이 슬그머니 유신운에게 물었다.

마차를 세운 곳은 이전에 들렀던 허름한 대장간 앞이었다.

유신운이 고개를 가로저었다.

"아니, 이번에는 다른 걸 얻어 올 것 같구나."

유신운은 의미심장한 미소와 함께 대장간 안으로 들어서고 있었다.

'조용하군.'

대장간 안은 너무나도 고요했다.

망치 소리가 조금도 울리지 않고 있었다.

유신운이 주위를 살피던 찰나, 지난번에 보았던 늙은 대장장이가 제 모습을 드러냈다.

"오셨군요."

노인은 이전의 욕지거리가 담긴 걸걸한 말투와 달리 유신운에게 정중히 예를 갖추고 있었다. 완전히 다른 사람처럼 보이는 모습이었다.

그에 유신운이 옅은 미소를 지으며 말을 꺼냈다.

"어쩌다 보니 천운이 따랐나 봅니다."

하나 그런 유신운의 넉살에도 노인은 어떤 반응도 없었다.

그는 한 발 뒤로 물러서며 작은 방을 가리켰다.

"안으로 드시지요. 기다리고 계십니다."

그에 유신운은 고개를 주억이고는 당당한 태도로 성큼성큼 방 안으로 향했다.

그러자 그곳에는.

"후우, 왔군."

어린 소녀의 모습을 한 철괴 백이랑이 곰방대를 꼬나문 채, 그를 노려보고 있었다.

2장

　유신운이 방 안에 들어와 자리한 후, 두 사람은 한참을 말
없이 서로를 바라보고만 있었다.

　두 사람은 아무렇지 않은 듯 보였으나, 황공망은 곁에서
지켜보기가 힘들 지경이었다.

　그럴 만도 했다.

　대화만 없었을 뿐 방 안을 가득 채운, 서로에게서 쏟아진
강대한 기들이 맹렬히 다투고 있었기 때문이었다.

　하지만 일촉즉발의 상황으로 보이는 그때.

　유신운과 백이랑, 두 사람은 속으로 감탄을 금치 못하고
있었다.

　'이것이 현경의 경지에 도달한 이의 힘인가.'

유신운이 백이랑의 전신에서 뿜어져 나오는 막대한 기파를 보며 생각했다.

 백이랑은 그가 처음으로 보는 완숙한 현경의 경지에 도달한 이였다. 현경의 초입을 넘어 중급까지 도달한 것으로 보였다.

 현경은 당대의 최강자들인 우내십존 중에서도 단 절반만이 도달한 경지였다.

 한데 금분세수를 하고 은거를 택한 이들 중에 이만큼의 강자가 있었다는 사실에, 유신운은 무림의 저력에 새삼 놀랐다.

 '대모는 반드시 내 편으로 포섭해야 해.'

 그 어느 때보다 백이랑을 바라보는 유신운의 눈빛은 진중했다.

 그런데 그것은 단지 무공의 강함 때문만은 아니었다.

 백이랑은 십대무림기보 중 최강이라 불리는 2종을 만들었다.

 그리고 또 다른 미래에서 혈교와의 전쟁이 시작되자, 그녀는 죽기 직전까지 새로운 기보 5종을 완성해 내었다.

 강대한 능력을 품고 있는 기보들은 혈교와의 전쟁에서 큰 역할을 해 주었고, 그것이 하나둘씩 적들의 손에 떨어짐과 동시에 전선의 상황은 최악으로 치달았다.

 어떤 이들은 무인의 강함에 지닌 무기의 좋고 나쁨은 상관이 없다고 말한다.

그러나 유신운은 그 말에 동의하지 않았다.

'템빨 하나로 모든 걸 바꿀 수도 있어.'

그는 전생의 경험을 통해 세상에는 전세의 판도를 바꿀 수 있는 힘을 지닌 무기가 존재함을 알고 있었다.

그러던 찰나.

백이랑의 눈에도 이채가 떠올라 있었다.

'……제법이군. 아니, 그 정도가 아닌가.'

처음 그녀는 자신이 잘못 보았나 싶었다. 기선을 제압하기 위해 조금 과하다 싶을 정도의 기운을 방출해 상대를 압박했다.

하지만 유신운은 그녀의 기운을 너무도 자연스럽게 받아 넘기고 있었다.

이럴 수 있다는 것은 상대가 최소 화경의 경지에 도달하였다는 말이었다.

고작해야 약관에 불과해 보이는 저런 어린 나이에 화경의 경지에 도달하다니.

그야말로 천재, 아니 괴물이었다.

스으으.

순간 백이랑이 자신의 기운을 조심스럽게 가라앉혔다.

그러자 유신운 또한 힘을 갈무리했다.

황공망이 작게 한숨을 내쉬며 이마의 땀을 닦았다.

유신운이 당돌한 말투로 말을 꺼냈다.

"호칭을 어떻게 해야 할지 모르겠군요. 혹 당주님이라 불러 드리면 되겠습니까?"

"……흥, 네 편한 대로 하거라. 건방진 아해야."

두 사람은 유신운이 백이랑이 호철당의 당주임을 알고 있음을 넌지시 말하자, 속으로 깜짝 놀랐지만 겉으로는 전혀 티를 내지 않았다.

그들은 급히 머리를 굴리며 대체 어디서 정보가 빠져나간 것인지 추리할 따름이었다.

그러나 아무리 생각해도 말이 되지 않지 않았다.

그녀의 정체를 알고 있는 것은 이 세상에 단 한 명, 황공망뿐이었기 때문이었다.

그러나 백이랑은 조금도 황공망을 의심하지 않았다.

'후, 내가 알지 못하는 어딘가에서 실수를 한 것이겠지.'

그녀는 스스로를 자책하며, 유신운에게 다시금 말을 꺼냈다.

"정, 사. 둘 중 어느 쪽에서 온 것이냐?"

"전 둘 중 어느 쪽도 아닙니다."

그녀의 말에 유신운이 고개를 가로저었다.

백이랑의 눈이 가느다랗게 떠졌다. 정사의 세력이 아니라면, 남은 것은 하나의 세력밖에는 없었기 때문이었다.

"그렇다면 혹 마인 것이냐?"

남은 것은 마도뿐이었다.

그녀는 한편으로 이만한 괴물을 비밀리에 키워 낼 만한 곳은 역시 천산의 마교뿐이란 생각이 들었다.

"그곳도 아닙니다."

하지만 유신운은 또다시 고개를 가로저었다.

그러자 백이랑이 황당해하며 말했다.

"나와 농을 하는 것이냐! 현재의 강호에서 셋 중 어느 곳에도 속하지 않았다는 것이 말이 되느냐?"

그녀의 말에 유신운은 조금도 흔들리지 않는 너무나 당당한 목소리로 대답했다.

"전 오직 저의 길을 갈 뿐입니다."

"……!"

백이랑의 눈빛이 흔들렸다. 그녀는 유신운의 말에 적지 않은 충격을 받았다.

정사마.

어느 곳에도 구애받지 않고 자신만의 길을 간다라…….

전혀 생각하지 못한 말이었다.

'……나 또한 이토록 강호에 물들어 있었는가.'

그녀는 속으로 씁쓸함을 곱씹으며 유신운에게 다른 질문을 건넸다.

"……그래, 어찌 됐건 네놈은 왜 날 찾아왔더냐? 칼이라도 한 자루 필요한 게냐?"

"정확합니다. 당주님의 칼들이 필요합니다."

칼들.

유신운은 하나가 아니라 여러 자루의 검들을 원하고 있었다.

"저잣거리의 대장간에 가 보면 널린 것이 날붙이거늘. 은퇴한 노모의 칼은 왜 필요한 것인가?"

"그런 것들로는 안 됩니다. 당주님께서 먼저 세상에 선보인 두 자루의 검 같은 기보들이 필요합니다."

유신운이 말하는 두 자루의 검이란 백이랑이 만든 십대기보.

천산마교의 지배자 천마의 검인 흑천마검(黑天魔劍)과 무림맹주의 검인 총운신검(叢雲神劍)을 뜻하는 것이었다.

유신운의 말에 백이랑의 눈빛이 싸늘하게 식었다. 지금까지 수도 없이 겪었던 과정이 떠올랐기 때문이었다.

'나이를 먹으며 조금이라도 사람 보는 눈이 생겼다고 생각했거늘. 혼자만의 착각이었구나. 이놈도 똑같은 놈이었어.'

다음 순간 백이랑이 벌레를 보는 눈빛으로 비꼬며 말했다.

"전쟁이라도 치를 생각이더냐?"

하지만 이어진 유신운의 대답은 그녀의 생각과 달랐다.

"맞습니다."

유신운은 대놓고 전쟁을 치를 것이라 말을 꺼내고 있었다.

진심이 가득한 그의 눈동자를 본 백이랑은 잠시 할 말을 잃었다.

"……대체 누구와 전쟁을 치른단 말이더냐?"

그때 유신운은 약간 고민을 하는 듯하다가 이내 결정을 내렸다. 그리고 한 자, 한 자 힘을 주어 말을 꺼내기 시작했다.

"그들의 이름은 혈교. 벌써 천하의 절반을 손에 넣고, 세계의 파멸을 계획하고 있는 이들이며. 동시에 그 욕망 때문에 당주님의 아들 내외를 희생시킨 배후입니다."

유신운의 입에서 아들 내외라는 말이 나오자, 지켜보던 백이랑의 기도가 완전히 달라졌다.

파아앗!

공간이 접히는 듯하며, 자리에 앉아 있던 백이랑이 눈 깜짝할 사이에 유신운의 앞에 도달했다.

그 모습이 분노한 야차와 같았다.

형용할 수 없는 분노에 자신을 맡긴 그녀는 지독한 살기를 풍기며 유신운의 목을 붙잡았다.

'크윽!'

유신운은 피하려면 피할 수 있었지만, 미동조차 하지 않고 그대로 그녀의 공격을 받아 내었다.

"네놈이, 네놈이 어찌……."

유신운의 목을 부여잡은 백이랑이 같은 말을 반복했다.

유신운이 바라본 그녀의 눈동자에는 지독한 절망과 슬픔만이 가득했다.

"대모님, 진정하십시오!"

그때 황급히 달려온 황공망이 백이랑을 붙잡으며 진정시켰다.

그제야 뒤늦게 정신을 차린 백이랑이 손을 놓고 한 발 뒤로 물러났다.

소강상태가 된 그들 사이에 또다시 침묵이 내려앉았다.

유신운은 격한 백이랑의 반응에도 화를 내지 않았다. 남겨진 기억을 통해 이토록 흥분하는 이유를 알고 있었기 때문이었다.

스윽.

유신운이 품속에서 무언가를 하나 꺼냈다.

누렇게 빛이 바랜 종이 한 장이었다.

황공망은 얼떨결에 그 종이를 건네받았다. 종이에는 수많은 글귀가 적혀 있었다.

"이, 이건!"

빠르게 살피던 그의 눈빛이 지진이라도 난 듯이 떨리기 시작했다. 이어 세상이 무너지는 것 같은 한숨이 터져 나왔다.

그리고 그는 아직 진정이 되지 않은 백이랑에게 종이를 조심스럽게 건넸다.

"……!"

이윽고 종이를 읽어 내려가는 백이랑의 손이 파르르 떨리기 시작했다. 그녀의 얼굴은 하얗게 질려 있었다.

'충격을 받을 만도 하지.'

그 모습을 보며 유신운이 조용히 기다려 주었다.

저 종이는 이어 받은 기억을 토대로 똑같이 만들어 낸 혈교의 보고서였다.

보고서에는 과거에 자행했었던 백이랑의 포섭 작전과 그 실패 사유에 대해 자세히 적혀 있었다.

혈교는 철괴 백이랑의 실력을 높게 평가했다.

그녀의 기보들을 이용한다면, 대계의 완성을 더욱 빠르게 진행시킬 수 있으리란 결론을 내린 것이다.

하지만 다른 이들과 달리 철괴 백이랑은 재물, 명예, 무공 따위로는 포섭이 어렵다는 조사 결과가 나왔다.

그러자 혈교는 다른 계략을 사용하기로 했다. 그녀가 유일하게 소중하게 여기는 것을 인질로 삼아 겁박하기로 한 것이었다.

혈교는 곧장 행동에 옮겼다.

그들은 백이랑의 아들 내외를 납치해 감금했다.

그리고 이제 백이랑에게 그 사실을 알리고, 그녀를 평생 자신들의 무기를 만드는 종으로 삼으려 했다.

한데 그때 계획이 완전히 꼬여 버렸다. 차마 자신들 때문에 어머니가 겪을 수모를 볼 수 없었던 내외가 동시에 자결을 택한 것이었다.

이후, 혈교는 모든 것을 덮어 버렸다.

그리고 이 사건은 백이랑에게 평생 고통을 주는 마음속 가시가 되었다.

　그녀는 광기에 휩싸여 지난 평생을 아들 내외를 살해한 범인을 찾아 다녔지만, 도움이 되지 않는 작은 흔적만 겨우 찾을 수 있었을 뿐이었다.

　현경에 다다른 무력도, 세상에 손꼽히는 금력도 소용이 없었다.

　한데 지금 이 순간, 놀랍게도 유신운이 그에 얽힌 완벽한 증거를 그녀에게 건넨 것이었다.

　보고서는 너무도 상세했다. 그녀가 겨우 찾았던 흔적들과 하나하나 모두 일치했다.

　백이랑이 떨리는 목소리로 유신운에게 말했다.

　"……이것이, 이것이 전부 사실이더냐?"

　"조금의 거짓도 없습니다."

　"하면 너는 이것들을 어떻게 얻었고, 혈교라는 곳은 대체 어찌 아는 것이냐?"

　"저의 아버지와 동생도 그들에게 당했습니다. 동생이 숨겨 놓은 서신에서 배후에 염천석이 있음을 알게 되었습니다. 놈을 해치운 후, 구룡방의 지하에서 이것을 획득했습니다."

　유신운의 말이 끝남과 동시에 그녀의 눈에서 뜨거운 눈물이 흘러내렸다. 떠난 아들과 며느리를 향한 미안함과 그리움이 담긴 눈물이었다.

조용히 그 눈물을 지켜보던 유신운이 나지막한 목소리로 그녀에게 말을 꺼냈다.

"저는 무고한 이들을 베기 위한 검이 필요한 것이 아닙니다. 소중한 이들을 지키기 위한 검이 필요합니다. 대모의 검이 있다면, 훗날 더는 저희와 같은 피해자를 만들지 않을 수 있습니다."

울림이 담긴 유신운의 말에 백이랑이 눈물을 그쳤다. 그리고 다시 시선을 돌려 유신운을 지그시 바라보았다.

그러자 새삼 유신운이 다시 보였다.

'이 아이, 홀로 얼마나 힘든 싸움을 해 왔을꼬.'

철없는 어린아이처럼 보였던 그가 대견하고 불쌍해 보였다.

그녀가 걱정 어린 목소리로 유신운에게 말을 꺼냈다.

"……아해야, 네가 절강성을 손에 넣었다고 한들 천하의 절반을 얻었다는 그들을 이길 수 있겠느냐?"

그녀의 말에 유신운이 잠시 말을 아꼈다.

"지금으로는 힘들겠지요."

현실적인 대답이었다.

그러나 그의 말이 마저 이어졌다.

"그래서 천하의 남은 절반을 제 것으로 만들 생각입니다."

"……!"

백이랑과 황공망의 눈이 터질 듯 커다랗게 떠졌다.

그로부터 잠시 후.

유신운은 마차를 타고 백운표국으로 돌아가고 있었다.

유신운에 대해 확실한 믿음이 생긴 백이랑은 곧장 호철당과 백운표국의 연합을 체결하였다.

대외적으로는 황공망이 호철당의 당주를 맡고 있었지만, 실질적으론 모든 것이 백이랑의 명령대로 이뤄지고 있었기 때문에 잡음은 전혀 없을 터였다.

혈교의 이목을 집중시킬 순 없었기에, 세간에 공표하지는 않고 비밀리에 진행하기로 하였다.

소기의 목적을 모두 달성한 그의 표정은 매우 밝았다.

'좋아, 금력과 무력을 동시에 얻었다. 이후에 오대신기보(五大新奇寶)에 대한 구상만 내가 은밀히 도와준다면, 혈교의 계획을 제대로 방해할 수 있을 거야.'

오대신기보란 다름 아닌 그녀가 또 다른 미래에서 만들었던 5종의 기보를 일컫는 명칭이었다.

유신운은 마음 같아서는 앉은 자리에서 그녀와 기보의 제작에 대하여 대화를 나누고 싶었지만, 안타깝게도 상황이 여의치 않았다.

─유 국주, 아무래도 대모께서 심신을 추스를 시간이 필요

할 듯합니다. 차후에 저희가 은밀히 찾아뵙도록 할 테니, 금일은 여기까지만 하는 것이 어떻겠습니까?

─예, 그러도록 하시지요.

자식 내외의 죽음에 대한 비화를 들은 후, 백이랑의 상태가 좋지 않아 보였기에 유신운은 황공망의 말에 곧바로 수긍했다.

'그래도 다행이야. 이걸 통해 계속 대화를 나눠 가면 되니까.'

유신운의 목에 이전에는 없던 손바닥 반 뼘만 한 크기의 작은 피리가 달려 있었다.

─이건?

─호철당의 영물인 흑신응(黑神鷹)을 부르는 호각입니다. 저희와 연락을 원하실 때나 급히 필요한 일이 있을 때, 요긴히 사용하시면 될 듯합니다.

흑신응은 호철당만이 사용하는 전서응으로 여타 정보 단체에서 사용하는 전서구와는 비교가 불가할 정도로 빠른 속도를 지니고 있다고 알려진 영물이었다.

그런 흑신응을 부릴 수 있는 호각을 건네주다니.

놀라운 일 아닐 수 없었다.

흑신웅은 오로지 호철당의 당주만이 사용할 수 있는 자격
을 지니고 있었기 때문이었다.

'한데 그건 그렇고…….'

그때였다.

연신 웃고 있던 유신운의 표정이 천천히 굳었다.

대장간을 떠나는 그에게 백이랑이 마지막으로 건넸던 말
이 떠오른 탓이었다.

-혹 자네도 선계(仙界)의 존재들을 만난…….

-예?

-……아니, 그럴 리가 없지. 별것 아니네. 괘념치 마시게.

선계.

유신운의 눈에 이채가 떠올랐다.

유신운은 백이랑의 말에 모르는 척 연기했지만, 그녀의 말
을 뇌리에 박아 넣었다.

이런 스쳐 지나가는 한마디가 훗날 커다란 사건을 해결할
실마리가 되는 것을 여러 번 보았기 때문이었다.

그녀가 자신에게 갑작스레 저런 이야기를 꺼낼 이유는 하
나였다.

'현경에 도달한 그녀는 전신에서 자연력을 뿜어내고 있었
다. 분명히 내게서 미세하게나마 자연력의 흔적을 발견한 것

이겠지.'

자연력은 아직 그조차 아주 작은 조각밖에는 알지 못하는 힘이었다.

그런데 백이랑은 그의 자연력을 보고 느닷없이 선계와 그곳에 있는 존재들을 일컬었다.

'자네도라고 했었지…….'

그녀는 분명히 그렇게 말을 했었다.

'자네도'라는 것은 그녀가 선계의 존재와 만났던 적이 있다는 것이리라.

혹 발록과 싸울 때 자신에게 힘을 주었던 알 수 없는 존재가 그녀의 말과 연관이 있는 것은 아닐까.

그렇게 수없이 많은 추측으로 유신운의 머릿속이 복잡해지던 찰나.

"……주님, 국주님."

"으응?"

누군가가 유신운의 몸을 흔들었다.

뒤늦게 정신을 차린 유신운의 눈에 고개를 갸웃하고 있는 왕삼이 담겼다.

"내리셔야 해요. 표국에 도착했습니다."

어느새 시간은 빠르게 흘러 마차는 표국에 도착하여 있었다.

'그래, 계속해서 파헤치다 보면 분명히 단서가 나오겠지.'

유신운은 그렇게 생각을 정리하고 마차에서 내렸다.

밤이 되어 주변에는 어스름한 어둠이 깔렸지만, 백운표국은 환하게 빛을 내뿜고 있었다.

구룡방이 무너지고 절강성을 차지한 백운표국의 모습은 이전과 완전히 달라져 있었다.

일단 장원의 규모가 서너 배는 족히 넘게 커져 있었다.

담벼락이 끝없이 길게 늘어서 있었고, 그 안에 수많은 새로운 전각들이 건설되고 있었다.

관표를 성공하고 받은 막대한 보상과 녹림의 위협이 없다는 걸 내세워 절강성의 모든 표행을 쓸어 담은 것 덕분에 백운표국의 곳간이 넘쳐나고 있었다.

백운표국은 비축 자금을 제외한 나머지 모든 돈을 표국의 설비를 보강하고 표국원들을 모집, 육성하는 데에 투자했다.

한데 오늘은 무슨 이유에선가 백운표국의 장원 안에서 노래 소리와 와자지껄한 웃음소리가 계속해서 들려오고 있었다.

'아, 오늘이 연회 날인가.'

유신운은 뒤늦게 도진우가 하도 성화를 하는 통에 허락한 축하 연회가 벌어지는 날임을 생각해 내었다.

귀찮은 것을 질색하는 유신운이 고개를 절레절레 저으며 정문을 향해 걸어가는데 왠지 모르게 문전이 소란스러웠다.

"아니, 왜 우리는 들여보내 주지 않는 건가."

"그래, 무슨 연유로 이토록 차별을 하는 겐가."

"하아, 초대장이 없는 분들은 절대 출입이 안 된다고 도대체 몇 번을 말씀드립니까."

"그러니까 그건 그쪽에서 잘못 처리한 것이야. 우리 상단이 못 받았을 리가 없네."

"그래그래, 우리도 실수로 누락된 것이 분명한데도!"

"아, 좀! 시끄럽고. 그만들 가시오, 좀!"

'뭐야 저건?'

유신운이 인상을 찌푸렸다.

정문의 보초를 서고 있는 표사들에게 절강성의 수많은 상단주들과 표국주들이 끈덕지게 달라붙고 있었다.

그들은 모두 백운표국으로부터 초대장을 받지 못한 이들이었다.

유신운은 앞서 자신들을 배신하고 황록표국에 넘어간 놈들에겐 단 한 장의 초대장도 보내지 않았다.

"헉! 충! 국주님을 뵙니다!"

그때 유신운을 확인한 표사가 예를 갖췄다.

그러자 어린아이처럼 생떼를 피우던 상단주들과 표국주들이 깜짝 놀라 뒤를 돌아보았다.

"어, 어라?"

"유, 유 국주다!"

"유 국주, 왜 거기서 나오시오!"

다음 순간, 그들은 한꺼번에 우르르 몰려와 불쌍한 얼굴로 온갖 변명을 토해 내기 시작하였다.

"전날 우리의 돈독했던 관계를 잊지 말아 주십시오!"

"아이고! 그놈의 황록표국 때문에 저희도 정말이지 어쩔 도리가 없었습니다."

그들이 이토록 저자세로 나오는 것은 백운표국이 명실상부한 절강성 최고의 세력이 되었기 때문이다. 더 이상 어느 누구도 백운표국의 심기를 거스를 수 없었다.

그리고 그들은 마음속으로 그렇게나 어리숙했던 유신운이 자신들을 내칠 리가 없다고 생각하고 있었다.

하지만 유신운은 싸늘하게 식은 눈으로 그들을 내려다보았다.

그들은 당혹감을 숨기지 못했다.

물론 절강성의 기반을 더욱 쉽게 닦으려면, 그들을 다시 받아들이는 것이 좋았다.

그러나 유신운은 전혀 그럴 생각이 없었다. '은혜는 열 배로, 빚진 것은 만 배로.'라는 유신운의 철학 때문이었다.

또한 자신들이 힘겨울 때 내버린 이들이 다시 그러지 말라는 법도 없다. 아니, 그럴 가능성이 더 컸다.

'네놈들의 세력은 모조리 말려 죽인 후, 그대로 흡수해 주지.'

유신운이 바짝 겁을 먹고 침만 꼴깍 삼키는 그들에게 서슬

퍼런 눈빛을 흩뿌리던 그때.

"어라? 유 국주님, 아니십니까."

뒤편에서 귀에 익은 목소리가 들려왔다.

화진상단의 장대추였다.

그는 이전에 노건호와 표행을 갔다가 두악칠 때문에 큰 고생을 했던 이였다.

"하하, 화진상단주님이 오셨군요. 오시는 길은 험하지 않으셨습니까."

유신운은 자신을 붙들었던 상단주들과 표국주들에게 보였던 것과는 전혀 상반된 모습으로 그를 반겼다.

"아무리 힘들어도 유 국주님이 부르시는데 당연히 와야지요."

"별말씀을 다 하십니다. 자, 얼른 안으로 드시지요."

유신운의 극진한 대우에 한껏 의기양양해진 장대추가 유신운과 함께 연회장 안으로 들어섰다.

그런 두 사람의 뒷모습을 하염없이 바라보는 나머지 상단주들과 표국주들의 얼굴에 절망이 떠올라 있었다.

❧

연회장은 시끌벅적한 분위기 속에서 연신 웃음이 끊이지 않았다. 구룡방을 해치우고 절강성에 우뚝 선 것을 축하하는 자리였으니, 기쁘지 않을 수가 없었다.

"내가 그래서 황록표국 놈의 배때기에 칼을 꽂아 넣었다니까!"

"인마! 놈들하고 구룡방 무사들하고 비교가 될 것 같냐!"

표사들이 모두 불쾌한 얼굴로 서로의 무훈을 자랑하고, 역시 얼굴이 불쾌해진 쟁장수들이 웃고 떠들고 있었다.

관표 경쟁, 구룡방과의 싸움을 겪으며 네 각의 표사들과 쟁자수들은 이전보다 더욱 끈끈한 전우애를 나누었다.

유신운은 그 모습을 보며 만족한 미소를 짓고 있었다.

'이들 모두 훗날의 전투에서 큰 버팀목 될 것이다.'

뿌듯한 마음으로 자신의 빈 술잔에 술을 따르려던 그때.

누군가의 손이 그의 술병을 낚아챘다.

"자작하면 평생 혼자 산답니다."

너스레를 떠는 제갈군이었다.

당하린도 함께였다.

두 사람은 자연스럽게 유신운의 곁에 앉았다.

"성과는 이루셨습니까?"

"내가 실패할 리가 있겠나."

당하린의 질문에 유신운이 대답했다.

심히 오만해 보이는 말이었지만, 수많은 전장을 함께한 당하린은 이제 그것이 실력과 자격을 갖춘 이가 보이는 당당한 자신감으로 보였다.

"……그런데 하나 궁금한 게 있는데 말입니다."

그때 제갈군이 슬며시 유신운에게 속삭이듯 말했다.

"역시 염천석은 국주님은 해치운 거죠?"

모든 이들은 염천석이 폭사한 줄 알지만, 제갈군은 그것을 믿지 않았다.

그에 유신운이 대답 없이 씨익 웃음을 지어 보였다

그 모습에 제갈군은 역시나 하며 경악을 금치 못했다.

하다하다 이제는 화경에 도달한 초고수조차 베어 버리다니.

눈앞의 괴물의 정체가 무엇인지 감당조차 되지 않았다.

"……국주님, 한데 정말 구룡방이 멸문한 것으로 끝일까요?"

순간 당하린이 걱정스러운 표정으로 말을 꺼냈다.

"이상해요. 분명히 모든 것이 끝났는데도…… 왜 전 이제 시작인 것만 같은지……. 강호의 곳곳에 무언가가 독버섯처럼 퍼진 것 같아요."

당하린의 말에 제갈군의 표정도 딱딱하게 굳었다.

그 또한 무언가 비슷한 걸 느낀 것이리라.

'곧 이들에게도 혈교에 대해 말해 줄 때가 오겠군.'

유신운은 그 모습을 보며 생각했다.

두 사람에 대한 신뢰는 이미 쌓일 만큼 쌓여 있었다.

"걱정하지 마라. 혼란은 우리가 바로잡으면 되니까. 이제 너희는 이만 무림맹으로 돌아가서 포상이나 잔뜩 받으면 된다."

긴장을 풀어주려는 유신운의 농에 당하린과 제갈군이 밝게 미소를 지어 보였다.

그런데 그때였다.

꽈아아앙!

거대한 폭음이 터져 나왔다.

연회의 음악 소리가 일제히 멈췄다.

또다시 백운표국의 대문이 박살이 나 있었다.

그 속에서 일련의 무사들이 강대한 기를 사방에 흩뿌리며 나타났다.

백색의 무복에는 '무(武)'라는 한자가 크게 적혀 있었다.

모두가 당황해하는 찰나.

그들의 수장으로 보이는 이가 커다랗게 소리쳤다.

"죄인 당하린, 제갈군은 앞으로 나서라!"

갑작스레 모습을 드러낸 무인들의 기세는 한눈에 보기에도 심상치 않았다.

그리고 칼같이 오와 열을 맞춰 서 있는 열댓 명의 무사들에게서 예사롭지 않은 기운이 뿜어져 나왔다.

"모두 국주님을 보호하라!"

그때 도진우가 커다랗게 소리를 질렀다.

파바밧!

그리고 목소리가 울려 퍼짐과 동시에 조금 전까지만 하더라도 시끄럽게 떠들며 술잔을 기울이던 표사들이 언제 그랬냐는 듯 각자의 무기를 들고 침입자들에게 맞섰다.

그들의 얼굴에 드리웠던 취기는 어느새 사라져 있었고, 풀어졌던 눈빛은 적을 발견한 늑대의 그것처럼 사납게 바뀌어 있었다.

상대에 못지않게 철저히 훈련된 모습이었다.

순식간에 방진을 펼친 백운표국의 표사들은 적의 동태를 면밀히 살피는 한편, 연회에 손님으로 참석한 이들이 싸움에 휘말리지 않도록 모두 뒤쪽으로 이동시켰다.

일사불란하게 움직이며 자신들에게 맞서는 표사들의 움직임을 본 불청객들은 조금은 놀란 표정을 짓고 있었다.

"네놈들은 누구냐! 모두 정체를 밝혀라!"

도진우가 다시 한번 커다랗게 소리를 질렀다.

하지만 그의 외침에도 상대는 코웃음을 칠뿐이었다. 그들은 자신들이 왜 너 따위의 물음에 답을 해 주어야 하냐는 반응이었다.

그러자 도진우가 한마디를 덧붙였다.

"대답이 없다면 대연의 절강사령부(浙江司令部)에 무단 침입한 것으로 간주하고 황궁에 보고를 올리겠다! 다시 한번 묻겠다! 네놈들은 누구냐!"

도진우의 입에서 '절강사령부'라는 명칭이 나오자, 비웃음을 날리던 침입자들이 몸을 움찔했다.

수하들이 슬며시 자신들을 이끄는 통솔자의 눈치를 살폈다.

절강사령부란 황실이 절강성에 설치하기로 했던 관리 기관이었다.

절강 무림의 동향을 살피고 이상 현상을 발견하면, 안찰사를 통해 황실에 보고하는 게 주 업무였지만.

문제가 있는 단체나 인물은 즉결 심판까지 할 수 있는 엄청난 권력을 지닌 기관이었다.

그리고.

그런 절강사령부의 지휘 본부는 백운표국이 맡게 되었으며, 유신운은 절강사령부를 이끄는 사령정관(司令正官)의 직위에 올랐다.

정식 관인이 된 것은 아니었지만 황제가 직접 내려 준 정당한 직위였기에 도진우가 만일 침입자들의 행동을 황실에 문제 삼는다면, 이것은 분명 커다란 일로 격화될 수 있었다.

상황이 그렇게 흐르자 통솔자가 나지막한 목소리로 자신들의 정체와 목적을 밝혔다.

"……우린 정도무림연맹의 집법당(執法堂) 소속 무사들이다. 이곳에 있는 죄인들을 호송하러 왔다."

"히익! 무, 무림맹?"

"지, 집법당이라고!"

무림맹, 그리고 집법당이라는 그들의 소속이 밝혀지자, 지켜보던 방문객들이 하얗게 질린 얼굴로 어찌할 바를 몰랐다.

한데 그들이 그런 반응을 쏟아 낼 만도 했다.

집법당은 무림맹의 여러 기관 중 죄를 지은 자들을 처벌하는 기관으로, 지금껏 그곳에 끌려간 이 중 멀쩡히 두 발로 나온 이가 없다고 알려진 무서운 곳이었기 때문이었다.

실제로 집법당은 죄의 시시비비를 가리는 것보다 죄의 크기와 받을 형벌을 정하는 것에 집중하는 곳이었다.

그 사실을 가장 잘 알고 있는 제갈군과 당하린. 두 사람의 얼굴엔 그 어느 때보다 큰 당혹스러움이 떠올라 있었다.

그때 침음을 삼키며 당하린이 조심스럽게 입을 열었다.

"……대주님, 저희가 죄인이라니요. 그게 대관절 무슨 말씀입니까?"

"흥! 변명은 맹에 가서 늘어놓거라. 모든 것은 장로님들에 의해 판가름이 날 터이니."

하지만 집법당의 2번 대를 이끄는 공동파의 고수, 복마창(伏魔槍) 양철겸은 그녀의 말을 귓등으로도 듣지 않았다.

이어 양철겸이 고갯짓을 하자 집법당의 수하들이 저벅저벅 앞으로 걸어 나오기 시작했다.

그런 그들의 손엔 굵은 포승줄이 들려 있었다.

무림맹이라는 소속이 밝혀지자 표사들은 눈치만 볼 뿐 어찌할 바를 모르고 있었다.

한데 그때였다.

"지랄은 거기까지."

걸걸한 육두문자가 크게 울려 퍼졌다.

욕지거리에 얼굴을 구긴 양철겸이 목소리가 들려온 곳을 향해 고개를 돌렸다.

그러자 그곳에는 서슬 퍼런 눈빛을 흩뿌리고 있는 유신운이 자리하고 있었다.

모두가 놀란 표정을 짓고 있던 그때, 유신운이 말을 이어 나갔다.

"웬 버러지 같은 잡놈들이 남의 연회 날에 찾아와서 행패질인가 했더니, 그 황산파 벌레 놈들의 친구였군. 네놈들은 남의 집 문짝만 보면 부수고 싶은 충동이 드나 보지?"

유신운이 신랄하게 그들을 까대기 시작하였다.

그러자 양철겸을 비롯한 집법당 무사들의 표정이 차갑게 식었다. 유신운의 입에서 나온 황산파라는 단어 때문이었다.

어느새 무림맹에 소속된 무사들에게 황산파란 단어는 모욕 그 자체가 되어 면전에서 꺼내는 것이 금기시되고 있었다.

'일개 지방의 표국주 따위가 감히!'

양철겸이 치밀어 오르는 분노를 겨우 참고 붉어진 얼굴로 엄포를 놓았다.

"……말을 삼가시오! 못 들으셨소이까. 우린 무림맹의 무사들이오!"

그러나 양철겸의 말에도 유신운은 조금도 겁먹지 않았다.

"그래서 뭘 어쩌라는 거냐? 무림맹이면 내 집 앞마당에서 부리는 횡포를 눈감아 줘야 된다는 거냐? 무림맹은 무슨, 완전히 왈패들 소굴이군."

유신운의 신랄한 폭언에 양철겸이 더 이상 화를 참지 못하고 일갈을 토해 냈다.

"이놈이 감히 맹을 모욕해!"

"……이놈?"

스아아아!

그 순간 장내의 공기가 완전히 달라졌다.

"어어!"

"저, 저건!"

상황을 지켜보던 내공이 없는 방문객들이 놀라 소리쳤다.

두 사람 사이의 허공에 별안간 아지랑이가 일렁이더니, 곧이어 허공이 무참히 일그러지고 있었기 때문이었다.

'내공 대결!'

양철겸과 유신운, 두 사람의 내공이 맞부딪치고 있었다.

'절강성의 촌놈 따위가 감히!'

양철겸은 자신만만했다.

집법당은 무림맹 내에서도 특별히 뛰어난 실력을 지닌 이들만 뽑았다.

그중에서도 2번 대의 대주를 맡고 있는 그는 벌써 초절정

중급의 경지에 이르러 있었다.

그는 자신이 유신운과의 내공 싸움에서 밀릴 것이라는 걱정이 전혀 없었다.

하지만.

'뭐, 뭐야! 이게 무슨!'

시간이 흐를수록 양철겸의 얼굴은 잿빛으로 물들고 있었다.

처음에는 상대가 예상외로 꽤나 잘 버틴다고 생각했다.

그런데 점차 3할, 5할, 7할.

결국엔 자신의 모든 내공을 쏟아부었음에도 꿈쩍도 않는 유신운의 모습을 보며, 그제야 그는 무언가 잘못되었다는 사실을 알아차렸다.

상대의 내공은 깊이를 알 수 없는 강과 끝없이 펼쳐진 바다와 같았다.

말 그대로 하해(河海)와 같은 내공이었다.

'마, 말도 안 돼!'

어느새 양철겸의 내공이 완전히 바닥을 드러내고 있었다.

그러나 그의 내부를 파고드는 유신운의 기운은 아직도 거센 해일처럼 밀려들었다.

"쿨럭!"

양철겸의 입에서 핏물이 흘러나왔다. 유신운의 기운이 그의 몸을 완전히 잠식하자, 눈앞의 시야가 흐릿해지고 몸이 거세게 흔들렸다.

"크윽!"

"끄으!"

한데 그때 그의 수하들 중에서도 신음을 토해 내는 이들이 속출하기 시작했다.

그들의 낯빛도 똑같이 죽어 가고 있었다.

양철겸을 내공으로 제압한 유신운은 놀랍게도 다른 집법당의 무사들에게까지 동시다발적으로 자신의 내공을 쏟아 내었다.

방심을 하고 있던 다른 무사들은 뒤늦게 반항해 봤지만, 유신운과의 압도적인 실력 차를 극복할 순 없었다.

그들은 완전히 짓뭉개져 하나둘씩 굴복하고 있었다.

그제야 양철겸은 당최 믿을 수 없었지만, 상대가 자신보다 두세 단계는 높은 경지에 올라 있다는 사실을 깨달았다.

"크윽! 제, 제발 머, 멈추시오!"

죽음의 공포에 휩싸이는 지경에까지 이르렀다.

양철겸은 자신의 몸이 당장 터질 것만 같자, 쥐어짜 낸 목소리로 유신운에게 애원하듯 말했다.

그러자 유신운은 비릿한 웃음을 지어 보이며 말을 꺼냈다.

"따라해 봐. 멈춰 '주세요'."

"······!"

유신운의 말에 그의 눈동자가 지진이라도 난 듯이 흔들렸다.

'어, 어쩌지.'

그는 머릿속이 너무도 혼란스러웠다.

설령 죽는 한이 있더라도 이렇게 보는 이가 많은 곳에서 무림맹의 집법당 대주가 힘에 굴복하는 모습을 보일 순 없었다.

그랬다가는 당하린과 제갈군을 데려간다고 해도 가장 먼저 처벌을 받는 건 자신일 것이다.

하지만 그렇다고 전장도 아닌 이런 곳에서 꼴사납게 죽음을 맞이하기도 싫었다.

그가 그렇게 고민을 계속하던 그때였다.

스윽.

기운을 쏟아 내는 유신운의 뒤에서 별안간 두 사람이 슬며시 걸어 나왔다.

다름 아닌 제갈군과 당하린이었다.

신체의 움직임이 제한된 상태였기 때문에 대주의 눈동자가 파르르 떨렸다.

만일 이들이 살심을 품고 있다면 자신은 결코 살아남을 수 없었다.

그러나 다음 순간.

그들이 보인 행동은 양철겸의 예상과 전혀 달랐다.

털썩!

두 사람은 갑자기 한쪽 무릎을 땅에 닿게 하며, 양철겸에게 예를 갖췄다.

"비응단 무사 제갈군, 맹의 명을 받듭니다."

"비응단 무사 당하린, 맹의 명을 받들겠습니다."

그러곤 자진해서 그를 따라 맹에 출두하겠음을 밝혔다.

그들의 예상치 못한 돌발 행동에 유신운도 놀란 기색을 숨기지 못했다.

"뭐 하는 거냐?"

유신운은 기운을 거두고 당장 그들을 일으키려 몸을 움직였다.

하지만 그 순간 두 사람의 전음이 유신운의 귓가에 울려 퍼졌다.

─국주님, 괜찮습니다. 여기서 더 일이 커지면 국주님은 정말 맹과 완전히 척을 지셔야 합니다.

─국주님께 더 이상 폐를 끼칠 순 없습니다. 저희의 일은 저희가 책임지겠습니다. ……그동안 정말로 감사했습니다.

그들은 무림맹에 소속되어 있었기에, 맹이 자신들에게 대적하는 이들을 얼마나 집요하고 잔혹하게 대하는지 알고 있었다.

분명히 황궁의 비호를 받고 있지만, 어떻게든 방법을 찾아내 유신운을 처단할 것이 뻔했다.

그렇기에 두 사람은 서로 은밀히 대화를 나눈 끝에 이런 결론을 내린 것이었다.

스윽.

두 사람이 거칠게 숨을 고르고 있는 집법당의 무사들에게 양손을 내밀었다.

그에 얼떨떨한 표정을 짓고 있던 집법당의 무사들은 뒤늦게 정신을 차리고, 그들의 손에 포승줄을 묶기 시작했다.

그 모습을 바라보던 백운표국의 사람들이 '아!' 하는 짧은 탄성을 내질렀다.

그들 또한 짧은 기간이나마 두 사람에게 깊은 정이 들어 있었던 탓이었다.

"그, 그럼 소임을 마쳤으니, 우리는 이만 돌아가 보겠소."

양철겸은 황급히 수하들을 데리고 몸을 돌렸다. 그는 한시라도 빨리 이곳에서, 아니 유신운에게서 도망가고 싶었다.

"……잠깐."

그러나 그 순간 유신운이 양철겸의 어깨를 붙잡았다.

거센 악력에 어깨뼈가 부러질 것만 같았다.

"왜, 왜 그러시오."

양철겸은 이를 악물고 고통을 버텼지만, 공포로 인해 목소리가 잘게 떨리는 것까지는 막지 못했다.

그 상황을 지켜보던 모든 이들이 목구멍으로 침을 꼴깍 삼켰다.

유신운이 그대로 양철겸의 목을 베어 버리는 것이 아닌가 싶었던 그때.

그가 아무도 예상치 못한 말을 꺼냈다.

"앞장서라. 증인으로서 나도 동행할 터이니."

유신운의 폭탄선언에 모두의 얼굴에 경악의 빛이 떠올랐다.

3장

　하남성의 낙양은 천년 고도라 불리는 유서 깊은 성시였다.
　시인 이백과 두보가 중심지로 활동하며 예술의 꽃을 피웠
던 낙양은 성시 곳곳에 아름다운 볼거리가 가득했다.
　하지만 이제 사람들에게 낙양은 전혀 다른 의미로 중요한
장소로 자리매김되어 있었다.
　그건 다름 아닌 정파 무림의 성지였다.
　낙양의 중심에 성벽을 방불케 하는 10장 높이의 돌담이 세
워져 있었다.
　돌담은 300장이 넘는 엄청난 길이로 내부의 수많은 고층
의 전각들을 둘러싸고 있었다.
　그리고 황금의 용이 화려하게 그려져 있는 거대한 정문 위

로 현판이 놓여 있었다.

정도무림연맹

그랬다. 이곳이 바로 무림맹의 본단이었다.

시끄러운 발소리가 복도에 울려 퍼졌다.

평상시라면 상상도 할 수 없는 일이었다.

이 복도의 끝에 있는 단 하나의 방은 무림맹의 최고 권력 기관인 장로회를 이끄는 회주의 집무실이었기 때문이었다.

어느 누가 구파일방과 칠대세가의 장문인과 가주들로 구성된 장로회를 이끄는 회주의 방 앞에서 시끄럽게 소란을 피울 수 있겠는가.

덜컹!

하지만 문을 벌컥 열고 모습을 드러낸 두 사람은 이런 무례를 범한다 해도 전혀 타격이 없을 만한 존재들이었다.

"적양자(赤陽子)!"

장로회주이자 화산파의 장문인인 매화검제(梅花劍帝)의 도호를 부르짖으며 집무실로 초로의 승려 한 명과 도사 한 명이 들어왔다.

"두 분께서 어쩐 일로 방문해 주셨소이까?"

적양자는 샐쭉한 눈빛을 띠며 같은 장로회 소속인 소림사의 방장인 활불(活佛) 육망선사(肉網禪師)와 무당파의 장문인

태극신검(太極神劍) 현학도장(玄學道長)에게 말을 꺼냈다.

두 사람은 갑작스러운 방문에 대한 사과는 없었다.

한눈에 보기에도 그들은 잔뜩 흥분해 있었다.

평상시 무림맹의 장로들 중 가장 온화한 성품을 지녔다고 평가되는 두 사람이었기에, 그들의 이런 모습은 결코 평범한 것이 아니었다.

두 사람은 곧장 본론으로 들어갔다.

현학도장이 글귀가 빼곡히 적힌 한 장의 종이를 적양자의 탁자에 올려놓았다.

반 각 전, 장로들에게 뿌려진 서신이었다.

"회주! 집법당의 무사들을 보내 제갈세가와 당가의 두 아이들을 체포하여 호송해 오고 있다는 것이 정녕 사실이오?"

현학도장과 육망선사가 자신을 노려보자, 적양자는 그들의 눈빛을 피하지 않고 그대로 받아 내며 말을 꺼냈다.

"서신에 적힌 그대로입니다. 죄인들은 금일 도착할 것이며, 곧바로 재판이 치러질 것입니다."

아무 일도 아니라는 듯한 적양자의 태도에 현학도장과 육망선사는 황당함을 숨기지 못했다.

"……아미타불! 회주, 왜 이런 중차대한 일을 일말의 의논도 없이 저지른 것입니까?"

"저지르다니요. 말씀이 너무 심하시군요."

적양자는 미간을 찌푸리며 대놓고 두 사람의 말에 기분이

나쁘다는 티를 냈다.

하지만 현학도장과 육망선사는 물러설 생각이 전혀 없었다.

"이것이 저지른 것이 아니면 무엇입니까! 장로들에게조차 정보를 숨기고 이런 일을 독단적으로 진행하다니요! 이런 일은 무림맹의 역사에 단 한 번도 없던 일입니다!"

"혹여 정보가 새어 나갔다가는 자식들과 관계된 세가의 장로들이 미리 손을 쓸 수도 있어 부득이하게 결정했을 뿐입니다."

"회주, 제갈세가와 사천당가가 대노하여 장로회에 정식으로 이의를 제기했소이다."

"이렇게 된 이상 이 일은 결코 조용히 끝날 수가 없게 되었다는 말이오!"

"저는 그저 제 할 일을 했을 뿐이거늘. 듣다 보니 두 분께서는 저를 질책하는 것으로 보이십니다?"

적양자의 뻔뻔한 대답에 현학도장이 치밀어 오르는 화를 겨우 참으며 말을 이어 갔다.

"맹주님도 아시는 일이외까?"

맹주라 함은 검황 담천군을 말하는 것이었다.

현학도장의 입에서 맹주라는 말이 나오자, 적양자의 표정이 살짝 굳었다.

"……맹주님은 벌써 달포 간 외지에 출타 중이신 걸 모르시오? 그분께서 상관하실 일은 아닌 듯하여, 나의 판단으로 급히 명령을 내렸소이다."

"그 말인즉슨 이 모든 일은 회주가 독단적으로 지시했다는 말이로군요! 화산이 무림맹주를 배출했다는 이유로 회주가 이리 안하무인격으로 행동하는 것이오!"

"안하무인이라니! 도장, 말씀을 가려 하시오!"

맹주 담천군은 다름 아닌 화산의 소속이었다.

적양자와 현학도장이 당장에라도 서로 손 속을 겨룰 것 같은 일촉즉발의 상황이 펼쳐졌다.

그러자 육망선사가 전신에서 청명한 선기를 내뿜어 그들을 겨우 진정시킨 후, 조심스레 말을 꺼냈다.

"아미타불, 그 아이들이 복귀하고 나서 충분히 조용히 조사를 진행했으면 될 일이거늘. 회주께서는 어찌 이리 일을 키우신 겁니까?"

"그렇소. 같은 정도를 걷는 맹도들끼리 이리 아귀다툼을 하면 무엇하냐는 말이오!"

"아귀다툼? 황산의 일로 그들이 병든 먹잇감을 찾은 이리와 같은 기세로 우리에게 먼저 달려드는 것을 못 보셨습니까! 이번 기회에 확실히 놈들의 기를 꺾어 놓아야 하는 것을 왜 모르시는 겁니까!"

그때 적양자의 진심이 처음으로 튀어나왔다.

육망선사와 현학도장은 할 말을 잃어버렸다.

모두가 쉬쉬하는 사실이지만, 무림맹은 창맹된 이래로 구파일방과 칠대세가가 서로 더 큰 권력을 잡기 위해 치열하게 싸우고 있었다.

　그러다가 담천군이 맹주가 되면서 권력 구도가 구파일방 쪽으로 크게 기울은 지 오래였는데, 이번 황산파 사태가 벌어지자 기회를 잡은 칠대세가가 목소리를 크게 내고 있었다.

　그것을 못마땅하게 여기고 칠대세가의 기를 꺾기 위해 적양자가 이런 일을 벌인 것이었다.

　"……아니, 그것은 우리가 자초한 일 아닙니까."

　너무도 어처구니가 없는 이유로 이번 일이 발생했다는 것을 깨닫고 현학도장은 기운이 빠진 모습이었다.

　"어차피 조금 있으면 죄인들이 도착할 것입니다. 두 분이 아무리 이러신다고 한들, 저의 판단은 바뀌지 않을 것이니. 그만 집법원으로 가셔서 판결을 치를 준비를 해 주시지요."

　적양자는 단호한 축객령을 내렸다.

　그 모습에 두 사람은 포기를 하고 고개를 가로저으며 힘없이 집무실을 걸어 나왔다.

　"……통재로다. 어찌 정파의 기상이 이토록 무너졌는고."

　선사가 먼저 깊은 한숨을 내쉬며 떠나가자, 복도에는 현학도장만이 덩그러니 남았다.

　그가 몹시도 슬픈 얼굴을 하며 두 눈을 질끈 감았다.

—무량수불, 수양이 부족한 나로선 더 이상 무림맹에 흐르는 풍파의 기류를 막을 수가 없구나.

그러자 그의 머릿속에 자신의 스승이자 무당파의 전대 장문인인 옥허진인이 무림맹을 떠나며 남겼던 한마디 말이 떠올랐다.

잠시 후, 집법당의 전각인 집법원 내에 역대 가장 많은 이들이 모였다.

집법원은 양쪽으로 긴 탁상이 하나씩 놓여 있었다.

그로 인해 탁상의 인물들은 서로를 마주 보게 되었고, 오늘은 그것이 매우 부정적으로 작용하고 있었다.

한쪽은 구파일방의 9명의 장로가 자리하고 있었고, 다른 한쪽은 칠대세가의 7명의 가주들이 자리하고 있었는데.

완전히 패가 갈린 두 세력이 서로를 적처럼 노려보고 있었던 탓이었다.

싸늘한 침묵이 내려앉아 있던 그때였다.

"……그대들이 이런 일을 벌이는 저의가 뭔지 궁금하군요."

아까부터 전신에서 살기에 가까운 서늘한 기운을 뿜어내

고 있던 사천당가의 가주, 독후(毒后) 당소정(唐小正)이 가시 돋친 말을 내뱉었다.

그녀는 다름 아닌 당하린의 어머니였다.

그런 당소정의 말을 받은 것은 두 탁상의 가운데에 놓인 의자에 앉아 있는 황색의 도복을 입고 있는 도인이었다.

"그 어떤 저의가 있겠소이까. 상대가 누구이건 간에 죄를 저질렀으면 응분 그 죗값을 치러야 하는 것이 맞는 도리가 아닙니까."

그는 집법당주를 맡고 있는 공동파의 장문인 천강진인(天江眞人)이었다.

흉한 곰보 자국에 위로 벌건 딸기코가 벌렁거렸다.

옹졸하고 고집이 강한 소인배인 그는 모두에게 장로회주인 적양자의 오른팔로 취급되고 있었다.

"아직 제대로 조사가 이뤄지지 않았거늘. 벌써 아이들을 죄인 취급하는 것이오!"

칠대세가의 가주들 중 가장 발언권이 강한 창천검성(蒼天劍星) 남궁백(南宮伯)이 천강진인의 말에 노기를 토해 냈다.

하지만 천강진인은 조금도 말과 행동을 고칠 생각이 없어 보였다.

그 뻔뻔한 모습에 상황을 지켜보던 하북팽가의 가주 팽승언과 모용세가의 가주 모용후가 구파일방의 약점을 공격했다.

"흥! 그렇게 따지면 죄를 저지른 것은 그리 잘난 너희 구파일방의 황산파가 아니던가!"

"그래! 뿌리가 썩은 것이 황산뿐인지 아닌지 나머지 방파들도 조사해 봅시다!"

"뭣이 어째!"

"말을 가려서 하지 못하나!"

그것을 시작으로 양쪽 진형의 장로들이 서로 언성을 높이며 말싸움을 이어 가기 시작했다.

서로를 깎아내리기 위해 온갖 추한 말을 내뱉는 그들의 모습은 어느 누가 보아도 같은 편이라고는 전혀 생각되지 않았다.

"쯔쯔! 속세의 말처럼 그야말로 막장이군, 막장이야."

의자에 앉지 않고 바닥에 편히 누워 그 한심한 모습을 바라보고 있던 개방의 방주, 주취신개(酒臭神丐) 장유(張裕)가 육포를 씹으며 연신 혀를 차고 있었다.

그렇게 서로에 대한 비방전이 극에 이르던 순간이었다.

"흥! 남은 여식은 지키고 싶은가 보지?"

"천강진인!"

"말을 삼가시오!"

천강진인이 당소정을 향해 해서는 안 될 말을 내뱉고 말았다.

그의 말이 입 밖으로 나온 순간, 같은 편인 구파일방의 인물들조차 얼어붙었다.

그만큼 천강진인의 말은 독후에게 금기시 되는 말이었다.

싸아.

장내에 다시금 침묵이 가라앉았다.

스아아아!

그와 함께 독후의 전신에서 지독하기 짝이 없는 맹렬한 독기가 휘몰아치기 시작했다. 그 독기는 당연하게도 천강진인에게 향하고 있었다.

천강진인은 당혹감을 숨기지 못했다.

세간의 평가처럼 천강진인은 독후보다 경지가 매우 밀리는 처지였기 때문이었다.

자신이 입방정을 떤 것을 뒤늦게 알아차렸지만, 이렇게 보는 눈이 많은 곳에서 겁먹은 모습을 보일 순 없었다.

"크으, 해보겠다는 거냐!"

천강진인이 자신의 검에 손을 옮긴 순간.

당소정이 일말의 감정도 담기지 않은 싸늘한 목소리로 말을 꺼냈다.

"……그 알량한 실력으로 검을 뽑기 전에 잘 생각하는 것이 좋을 것이다. 출수하는 순간, 한 줌의 핏물로 만들어 줄 터이니."

그렇게 일촉즉발의 상황이 벌어지고 있던 찰나.

"대주와 죄인들이 도착하였습니다."

집법당의 문 앞에 서 있던 무사가 커다랗게 소리를 질러왔다.

그 순간 공간을 가득 채웠던 당소정의 독기가 거짓말처럼 사라졌다.

그러자 천강진인이 속으로 안도의 한숨을 내쉬었다.

'흥, 건방진 년! 눈앞에서 자식이 형벌방에 갇히는 꼴이나 보아라!'

포승줄에 묶인 자식을 보는 순간, 어미의 억장이 무너질 것을 생각하며 천강진인의 입가에 비릿한 미소가 지어졌다.

저벅저벅.

발소리가 들려왔다.

모두의 시선이 문 쪽으로 향해 있었다.

그리고 곧이어 집법당의 무사들을 비롯한 제갈군과 당하린이 모습을 드러내었다.

'뭣?'

하지만 천강진인의 예상과 달리 집법원으로 들어온 죄인들은 포승줄에 묶여 있지 않았다. 마실 나온 것처럼 너무도 자유로운 행색이었다.

천강진인이 눈살을 찌푸리며 소리쳤다.

"대주는 어찌하여 죄인에게 포승줄을 매지 않은 것이냐! 도주의 우려가 있지 않은가!"

그의 목소리가 울려 퍼지던 그때였다.

"내가 묶지 말라 했소."

뒤편에서 알 수 없는 이의 목소리가 울려 퍼졌다.

'……저자는?'

한 번도 본 적 없는 약관의 청년이 모습을 드러내었다.

그는 집법원의 중심에 서 있는데도 너무도 여유로운 모습이었다.

"아직 죄인도 아닌데, 묶을 이유가 없지 않소."

"네놈은 누구인데 감히 입을 여는 것이냐!"

천강진인을 그대로 노려보자 젊은 청년이 당당하게 말을 꺼냈다.

"내 이름은 유신운. 이들을 변호하기 위해 왔소이다."

천강진인은 갑작스레 등장한 의문의 사내의 이름을 듣고 눈에 이채가 떠올랐다.

'……유신운? 그자라면 분명히.'

황산파 사태의 보고서를 읽으며 확인한 적이 있는 이름이었다.

절강성의 새로운 패자가 된 백운표국.

그곳을 이끄는 젊은 수장의 이름이 분명히 유신운이었다.

천강진인이 게슴츠레하게 뜬 눈으로 유신운을 위아래로 훑고는 이내 말을 꺼냈다.

"그대가 백운표국의 그 유신운이란 말인가?"

연신 고개를 갸웃하던 장내의 장로들은 천강진인의 입에

서 백운표국이란 이름까지 나오자, 뒤늦게 유신운의 정체를 알아차렸다.

그리고 장로들의 눈빛에는 수많은 다른 감정들이 담기기 시작하였다.

적양자를 비롯하여 그를 따르는 장로들의 눈빛에는 확연한 적대심이 떠올랐으며.

육망선사와 현학도장의 눈빛에는 전혀 예상치 못한 일에 대한 놀라움이 담겼고.

자신의 자식을 변호하기 위해 왔다는 말에 당소정의 눈빛에는 작은 기대감이 비쳤다.

이 상황에서 가장 침착한 것은 다름 아닌 제갈군의 아버지인 제갈세가의 가주, 제갈숭이었다.

그는 자신의 자식이 위기에 처했음에도, 표정에 조금의 변화도 없이 그저 자신의 앞에 놓인 찻잔을 홀짝일 뿐이었다.

집법원에 싸늘한 침묵이 가라앉은 그때.

"그렇소."

유신운이 조금의 긴장한 기색도 없이 당당히 대답했다.

'호오, 저놈 봐라?'

그 모습에 주취신개 장유가 누워 있던 자리에서 슬며시 몸을 일으켰다. 지루하게 흘러가리라 예상했던 상황에 너무도 흥미로운 존재가 나타난 것이다.

'……평범한 후기지수였다면 이 자리에서 가만히 서 있을 수

조차 없었을 것이거늘. 들었던 보고와는 전혀 다른 기세로다.'

현재 집법원 내에는 숨을 턱 막히게 할 정도의 가공할 기운들이 흘러넘치고 있었다.

각 파의 장문인과 가주를 맡고 있는 이들이 쏟아 내는 기운이 결코 평범할 리가 없었다.

그러나 유신운은 기운을 끌어 올려 자신의 내부로 파고들려는 모든 기운을 모조리 맞받아치고 있었다.

'쯔쯔, 오랜만에 타구봉을 들어야겠군. 조금 풀어주었다고 이놈들이 아예 눈을 엉덩이에 붙이고 다니고 있어.'

장유는 속으로 혀를 차며 한심하기 짝이 없는 자신의 제자들을 욕했다.

무림 최고의 정보 단체 중 하나인 개방은 맹과는 별개로, 자체적으로 유신운을 조사했었다.

하지만 유신운에 대한 평가는 높지 않았다.

유신운이 절강성을 완전히 자신의 제 수중에 넣었음에도 평가가 박할 수밖에 없었던 것은 염천석을 처치한 자가 황실의 유자량으로 알려져 있었기 때문이었다.

개방은 유신운을 그저 구룡방과 황산파의 치부를 조사하고, 그 사실을 유자량에게 알린 존재 정도로 결론을 내렸다.

그러나 강호에서 잔뼈가 굵은 장유는 유신운을 보자마자 그가 머지않아 폭풍의 핵이 될 것임을 단번에 알아차렸다.

하지만 그런 장유의 생각과 달리 아직도 유신운을 평가절하하고 있는 이도 존재하였다.

'흥! 실력도 없는 애송이가 황실을 등에 업었다고, 하늘 무서운 줄 모르고 천둥벌거숭이처럼 날뛰는구나.'

천강진인이 고개를 빳빳이 들고 있는 유신운을 보며, 못마땅한 표정을 지어 보였다.

그는 유신운을 그저 한낱 황실의 끄나풀로 여기고 있었다.

무림과 확실히 선을 긋던 황실이 강호를 지배하려는 야욕을 드러내는 와중에 괴뢰로 삼은 존재로 생각하는 것이었다.

'그건 그렇고 이 머저리 같은 놈이 이런 중요한 사실을 곧바로 보고를 안 올려?'

천강진인이 얼음장처럼 싸늘하게 식은 시선으로 양철겸을 노려보았다.

제갈군과 당하린을 이곳까지 데려온 집법당의 2번대주 양철겸은 다름 아닌 천강진인의 대제자였다.

'저, 저도 어쩔 수 없었다고요.'

그에 양철겸은 등 뒤로 식은땀을 뻘뻘 흘렸다.

당연히 그 또한 스승에게 곧바로 유신운의 소식을 알리려 했다.

하지만 그러지 못했다.

유신운이 동행을 선포한 후, 무림맹까지 함께 이동을 하는 과정은 정말이지 지옥과도 같았기 때문이었다.

-어디 한번 내 수하들에게 포승줄을 묶어 봐라. 그럼 난 그 줄로 네놈들의 목을 묶어서 끌고 가 주마.

그가 포승줄을 묶고 당하린과 제갈군을 호송하려 하자, 유신운이 호랑이 눈을 뜨며 그에게 한 말이었다.

정작 당하린과 제갈군은 맹의 법도라며 그를 만류했지만, 유신운은 조금도 물러서지 않았다.

그의 패기를 직접 느낀 그를 비롯한 집법당의 무사들은 몸을 벌벌 떨며 아무런 말도 하지 못했다.

결국 포승줄을 묶는 것을 포기하고, 놈이 잠들기만을 바라며 눈치를 살폈다. 자는 틈에 천강진인에게 몰래 기별을 넣으려는 것이었다.

하지만.

-빌어먹을! 저놈은 잠도 없나.

빠르게 이동하는 고된 일정 속에서도 유신운은 한숨의 잠도 자지 않았다. 오히려 그들을 감시하고 있었다.

허튼짓을 하면 그대로 목을 부러뜨릴 기세였기에, 결국 양철겸은 무림맹의 본성까지 이동하면서 어떠한 연락도 할 수 없었다.

사색이 된 양철겸에게서 시선을 거둔 천강진인이 다시금

유신운을 노려보며 날카로운 말투로 말했다.

"그대가 무슨 자격으로 이들에 대해 변호를 하겠다는 거지?"

그러자 유신운이 천강진인의 눈을 똑바로 쳐다보며 대답했다.

"나는 대연 황제 폐하의 명을 받아 구룡방과 황산파의 일을 집행하였소. 그리고 이들은 나의 부탁으로 그 일을 함께 하였지. 한데 황제 폐하께서도 칭찬과 상을 내리신 이들을 벌하겠다니. 나로선 당연히 이들을 변호하고, 그 결과를 황제 폐하께 알릴 의무가 있지 않겠소?"

순간 천강진인의 얼굴이 뭐라도 씹은 것처럼 구겨졌다.

유신운은 대놓고 자신의 뒤에는 황실이 있으며, 무림맹이 당하린과 제갈군을 벌하는 건 황제의 뜻에 대항하는 것임을 공표했기 때문이었다.

"황실과는 전혀 상관이 없다. 이것은 맹 자체의 조사……."

"알았으니 곧바로 진행하시오. 나는 나의 소임을 다하면 그뿐이니까."

유신운은 천강진인의 말을 단칼에 끊으며 말했다.

그에 천강진인은 빠득 소리 나게 이를 갈며 말했다.

"참으로 건방지기 짝이 없군. 그대는 강호의 선배에 대한 예의도 갖추지 않는 것인가."

"하, 지가 언제 소면이라도 한 번 사 줬나. 선배는 무슨 선배."

"뭐, 뭐라 했나 지금!"

"아아! 그냥 혼잣말이었소, 선배."

"이놈이!"

깐족이는 유신운에 천강진인은 당장이라도 자신의 검을 뽑고 싶었지만.

─참으시오, 진인. 지금 황실과 더 척을 세워 좋을 것이 없소.

순간 머릿속에 들려오는 적양자의 전음에 행동을 멈출 수밖에 없었다.

'놈! 언젠가 반드시 목을 비틀어 주리라!'

그는 치밀어 오르는 노기를 겨우 참아 냈다.

그러곤 화살을 당하린과 제갈군에게로 돌렸다.

"먼저 죄인 당하린에게 묻겠다! 구룡방 사건의 단초를 알아차리고도 곧장 맹에 알리지 않은 이유가 무엇인가!"

"당연한 것 아니오? 황산파는 구파일방의 일원이었소. 보고가 올라갔다가는 그 즉시 모든 증거를 숨기고 꼬리를 자를 것이 분명하지 않소."

대답은 유신운에게서 나왔다.

천강진인이 목에 핏줄을 세우며 소리쳤다.

"맹이 그런 움직임조차 사전에 차단하지 못할 것 같으냐!"

"황산파의 일도 사전에 발견하지 못했지 않소."

"이, 이놈이!"

유신운의 말에 천강진인은 뒤통수를 한 대 얻어맞은 듯했다.

평생 동안 자신에게 이렇게 조금도 지지 않고 악착같이 달려드는 존재는 없었기 때문이었다.

"그렇다면 아무런 관련도 없는 외부인과 일을 저지른 저의가 무엇이냐!"

"하아, 했던 말을 또 해야 하오? 방금 전에 황제 폐하의 명과 나의 부탁 때문이라고 말을 했지 않소."

"이잇! 그렇다면!"

그 뒤로도 천강진인은 계속해서 두 사람이 곤란할 질문을 던졌지만, 유신운은 능구렁이처럼 유유히 빠져나갔다.

모두가 의심할 여지가 없게 진실과 거짓을 섞어 가며 완벽하게 천강진인을 농락했다.

언변으로는 이 방의 그 누구도 유신운을 이길 수 없었다.

'……이대로는 안 돼.'

그러던 그때였다.

그렇게 유신운이 모든 덫과 함정에서 벗어나자, 마음이 초조해진 천강진인이 해서는 안 될 말을 내뱉었다.

"죄인 제갈군에게 묻겠다. 같은 정파의 일원인 황산파를 몰아낸 것에 혹 사파련의 회유가 있었던 것은 아닌가?"

"……!"

천강진인의 마지막 질문에 육망선사와 현학도장의 눈이 커다랗게 떠졌다.

정파의 자제에게 사파의 회유를 받은 것이 아니냐니!

이것은 선을 넘어도 한참 넘은 질문이었다.

제갈군이 억울함과 서글픔이 가득한 표정으로 천강진인에게 말을 꺼냈다.

"어찌, 어찌 그런 말씀을 하십니까! 저희는 그저 이 땅에 정의를 바로 세우기 위해 움직였을 뿐입니다."

"흥! 정의? 무림맹이 곧 정의이거늘. 맹의 명예를 땅바닥에 버려 놓은 것이 어찌 정의란 말인가!"

"그게 무슨……."

천강진인의 답변에 제갈군은 할 말을 잃어버렸다.

그가 황당함을 금치 못하며, 고개를 돌려 다른 장로들을 훑어보았다. 그러곤 더한 충격을 받았다.

'아아! 나는 지금껏 무엇을 보아왔던가.'

몇몇 장로들의 표정이 천강진인과 다르지 않았다. 그의 말에 동조를 하고 있는 것이다.

제갈군의 머릿속에서 자신이 지금껏 믿고 있던 무림맹의 기상이 무너져 내리고 있었다.

"하, 개소리를 저렇게 당당하게 지껄이니 더는 할 말이 없군."

"……!"

그때 유신운이 참지 못하고 날것 그대로의 말을 내뱉었다.

충격을 받은 천강진인이 입을 쩍 벌렸다.

그러나 그런 것 따위는 전혀 아랑곳하지 않고 유신운의 말이 이어졌다.

"아직도 모르겠나? 이들이 그대들에게 말하지 못한 이유는 단 하나! 바로 무림맹이 더 이상 정의로운 단체가 아니기 때문이지!"

"말을 삼가지 못하겠는가!"

"무슨 소리를 지껄이는 것이냐!"

유신운의 폭탄선언에 장내의 분위기가 폭풍이 들이닥친 것처럼 바뀌었다.

그렇게 장내가 혼란스러워지자 천강진인이 기회를 잡은 것처럼 행동을 개시했다.

파바밧!

어느새 검을 빼 든 천강진인이 몸을 날려 유신운의 앞에 마주 보고 섰다.

"이것은 도저히 좌시할 수 없다! 모욕의 죄값을 치르게 해 주마!"

천강진인은 공동파의 장문인인 자신에게 유신운이 부복하며 엎드릴 것으로 예상했지만, 정작 반응은 정반대였다.

"……기억해라. 칼을 뽑아 든 것은 네놈이 먼저라는 걸."

화아아!

유신운이 자신의 기운을 쏟아 내기 시작했다.

'이건!'

천강진인의 표정에 당혹스러움이 차오르기 시작했다. 점점 자신의 예상보다 훨씬 강력한 기운이 느껴지고 있었기 때문이었다.

그런 일촉즉발의 상황에서.

"왜 이리 집법원이 소란한 것인가."

집법원의 문 밖에서 누군가의 목소리가 들려왔다.

놀랍게도 주인을 알 수 없는 그 목소리는 순식간에 모든 혼란을 잠재웠다.

문이 열리고 선량한 인상의 중년인이 모습을 드러내었다.

그러자 그 순간.

"맹주를 뵈옵니다!"

"맹주를 뵈옵니다!"

모든 장로들이 무릎을 꿇으며 커다랗게 소리를 높였다.

우내십존의 일좌를 두고 마교주와 대립하고 있는 자.

무림맹주, 검황 담천군이 모습을 드러낸 순간이었다.

담천군의 등장과 동시에 맹주 직속 친위대인 백룡위(白龍衛)들 또한 모습을 드러냈다.

파바밧!

그들은 쏜살같이 몸을 날려 순식간에 집법원의 곳곳을 장악하였다.

'어째서 맹주가 이곳에?'

'……아직 기한이 되지 않았건만.'

담천군의 등장은 어느 누구도 예상하지 못한 일이었다.

본래대로라면 사나흘 후에나 도착할 것이었기 때문이었다.

적양자 또한 그런 일정을 미리 알고 있었기에, 이런 일을 계획했던 것이 아니던가.

모두가 힐끗힐끗 곁눈질로 맹주의 심기를 파악하던 그때.

스르륵.

담천군이 한 걸음을 옮겼다.

그러자 그의 신형이 마치 바닥을 미끄러지듯 나아가더니, 단번에 제갈군과 당하린의 지근거리에 당도하였다.

고개를 숙이고 있는 두 사람의 모습을 생각이 많은 얼굴로 바라보던 그는 이내 닫혀 있던 입을 열었다.

"이번 일은 전혀 듣지 못한 것이군."

담천군의 나지막한 목소리에 거대한 힘이 담겨 있었다.

온화한 표정 그대로였지만, 그의 전신에서 말로 형용할 수 없는 압박감이 흘러나오기 시작했다.

적양자는 말없이 조용히 제 눈을 감았다.

둘 사이에 미묘한 기류가 흐르고 있었다.

적양자가 담천군의 사형이었기에, 담천군이 대놓고 표현을 하지는 않았지만 분명히 불쾌함을 내비치고 있었다.

그 모습에 천강진인은 어찌할 바를 몰랐다.

'크윽, 이러다가 나까지 맹주에게 밉보이겠어.'

그러던 그때, 초조해하던 천강진인의 시선에 유신운이 담겼다.

담천군의 등장에 모두가 예를 갖추는 가운데, 오직 유신운만이 본래의 모습 그대로 자리하고 있었다.

점수를 딸 기회라고 생각한 천강진인이 커다랗게 일갈을 내질렀다.

"놈! 당장 맹주님께 예를 갖추지 못하겠느냐!"

그러나 천강진인의 고성에도 유신운의 태도는 조금의 흔들림도 없이 똑같았다.

'……이자가 무림맹주인가.'

유신운은 담천군을 지그시 바라볼 뿐이었다.

순간 담천군 또한 고개를 돌려 유신운을 바라보았다.

두 사람의 시선이 허공에서 맞닿았다.

긴장감이 팽배한 가운데 유신운을 향해 담천군이 인자한 미소를 지어 보였다. 따뜻함이 느껴지는 웃음이었다.

"놔두게. 맹의 일원이 아닌 이에게 헛된 예를 강요하여 되겠는가."

"……그, 그것이."

담천군이 천강진인을 향해 타박하듯 말을 꺼냈다.

예상했던 것과 다른 반응에 천강진인은 당황한 기색을 숨기지 못했다.

그러나 담천군의 말은 거기에서 끝나지 않았다.

"그건 그렇고…… 백도의 검은 무릇 마인을 벨 때만 뽑아야 하는 법이거늘. 자네의 검은 왜 뽑혀 있는가. 지금 이곳에 마인이 있는가."

"아, 아니지요."

천강진인이 다급히 출수했던 검을 검갑에 넣었다.

그 모습을 확인한 담천군은 말을 이어 갔다.

"내 눈에는 흔들리는 맹을 다시금 바로 세우려는 젊은 청년의 모습만이 보이고 있거늘. 혹 내 눈이 잘못된 것인가?"

"……!"

유신운을 치켜세우는 담천군의 말에 장로들 모두가 두 눈을 커다랗게 떴다.

유신운의 눈동자에도 이채가 떠올랐다.

"매, 맹주께서는 부디 오해를 하지 말아 주십시오. 이번 집법당의 재판은 절강 사태의 시시비비를 가리기 위함입니다."

천강진인이 이마로 흐르는 땀을 닦으며 말을 꺼냈다.

"안 그래도 잘되었군. 나 또한 그 일을 정리하고 오는 길이었으니."

"……?"

담천군의 말에 장로들 모두가 벙찐 표정이 되었다.

담천군이 절강 사태를 정리하고 오는 길이라니.

이게 대체 무슨 말인가.

"……정리라 하심은?"

집법당에 침묵이 내려앉은 가운데, 담천군이 닫혀 있던 입을 열었다.

"황실의 유자량을 만나고 오는 길이외다."

"유, 유자량을 말입니까?"

"그 작자를 왜?"

"절강 사태에 얽혀 있는 맹의 과오를 모두 인정하고, 그 내용을 담은 새로운 사죄문을 공표함과 동시에 피해자들을 위해 약왕당(藥王堂)의 모든 인력과 약재를 지원하기로 하였소."

"매, 맹주님!"

"어찌 그런 결정을!"

천강진인을 비롯한 몇몇 장로들의 낯빛이 하얗게 질렸다.

그들은 모두 황산파의 일을 무림맹과 결부시키는 것에 거부감을 표출하며 꼬리 자르기를 주도했던 인물들이었다.

"아니 됩니다! 절대로 아니 되는 일입니다!"

"맞습니다! 사파 놈들뿐 아니라 일반 양민까지 저희를 비웃을 것입니다!"

그들은 이것은 절대로 해서는 안 되는 일이라며, 담천군에게 제발 결정을 물러 달라 요구했다.

맹의 권위가 땅바닥에 떨어질 것이라며 전전긍긍하는 그

들은 오로지 자신들의 체면만을 생각하고 있었다.

그들의 행동을 지켜보던 담천군의 표정이 점점 딱딱하게 굳었다.

"갈(喝)!"

중후한 내력이 담긴 담천군의 호통성이 이어지자, 소란했던 장내가 일시에 조용해졌다.

"이 무슨 추태인가! 과오를 고치려 하지 않고 그저 외면한다면, 어찌 정파라 할 수 있겠는가! 이 청년의 말처럼 우리가 이전의 정의로운 모습으로 되돌아가기 위해선 이 방법밖에는 없음을 장로들은 깨달으시오!"

담천군의 노성에 장로들은 더 이상 말을 꺼낼 수 없었다.

평소 담천군이 이렇게까지 나오는 경우는 극히 드물었다.

하지만 이런 모습을 보일 때의 담천군은 그 어떤 이도 말릴 수 없었다.

조용해진 장내를 한 번 훑은 후, 담천군은 아까부터 계속 무릎을 꿇고 고개를 숙이고 있는 당하린과 제갈군에게 말을 꺼냈다.

"둘 다 일어나시게."

그의 말에 두 사람이 몸을 일으키자, 담천군이 장로들 때와는 전혀 다른 인자하기 그지없는 눈빛으로 그들을 바라보았다.

"그대들에게 큰 빚을 지었네."

"……!"

"이것이 어찌 그대들의 잘못이겠는가. 바쁘다는 핑계로 맹의 허물을 살피지 못한 나의 잘못이지. 고맙고 미안할 따름이네."

"매, 맹주님!"

"어찌 저희에게!"

마지막 말과 함께 담천군이 두 사람을 향해 고개를 숙여 사과했다.

무림맹주가 한낱 수하에게 고개를 숙이다니.

절대로 있을 수 없는 일이었다.

당하린과 제갈군은 어찌할 바를 모르고 있었다.

그 모습을 보며 천강진인이 제 입술을 잘근잘근 씹었다.

'젠장, 망했군!'

단천군이 저렇게 나온 이상 이들의 판결은 무죄로 끝난 것이나 마찬가지였다.

맹주가 자신의 잘못이라고 말하는데 어찌 다른 판결을 내리겠는가.

여러 장로들의 희비가 교차하는 순간이었다.

하지만 담천군은 그런 것을 전혀 신경 쓰지 않고, 유신운에게 다시금 시선을 돌렸다.

"그래, 유신운이라 하였는가?"

"그렇습니다."

한데 그때였다.

담천군이 충격적인 이야기를 꺼냈다.

"자네 혹시 나의 제자가 되어 볼 생각이 있는가?"

"매, 맹주님!"

담천군의 말에 장내에 있던 모든 이들이 경악한 반응을 보였다.

담천군은 유신운에게 자신의 제자가 될 의사가 있는지 묻고 있었다.

검황의 제자.

그것은 정파의 모든 이들이 꿈에 그리는 위치였다.

그럴 수밖에 없었다.

담천군의 제자가 되는 것은 곧 무림맹의 차기 후계자가 되는 것이나 마찬가지였으며.

역대 최강의 무림맹주라 불리는 담천군의 무공을 배울 수 있었으니까.

현재 담천군의 제자는 총 3명이었다.

유신운이 승낙한다면, 검황의 4번째 제자가 되는 것이었다.

'이런 빌어먹을!'

천강진인의 얼굴이 와락 구겨졌다.

유신운이 검황의 제자가 되어 버리면, 자신은 절대 그를 해코지할 수가 없다.

저 따위 놈이 자신보다 더 높은 위치에 올라서게 되는 것을 그는 지켜만 볼 수 없었다.

"어찌 저따위 근본도 없는 작자를 제자로 들이시려 하는 것입니까! 맹주께서는 부디 선택을 재고해 주십시오! 저자는 자격이 없습니다!"

천강진인은 악을 쓰며 담천군을 만류했다.

그러나 담천군은 나지막한 목소리로 말을 이어 갔다.

"적진의 한가운데에서도 꿋꿋이 자신의 신념을 내뱉는 결연한 의지. 그리고 동년의 내 경지를 뛰어넘는 듯한 무위. 이 청년의 자격과 재주는 충분하다 못해 넘치는 것 같소만?"

"……!"

담천군의 말에 천강진인의 동공이 지진이라도 난 것처럼 떨렸다.

유신운의 나이는 약관을 겨우 넘은 정도로 보였다.

'저 시절의 검황이라면…….'

공전절후의 기재였던 담천군은 약관의 나이에 이미 초절정 상급에 도달한 괴물이었다.

그렇다는 건 유신운 또한 그 정도의 경지라는 것이었다.

'마, 말도 안 돼!'

천강진인은 너무도 큰 충격에 휩싸인 나머지, 벙어리가 된 것처럼 어떠한 말도 이어 가지 못했다.

다른 장로들의 반응도 크게 다르지 않았다.

하지만 그들의 유난스러운 반응과 달리 정작 당사자인 유신운은 침착하기 그지없었다.

"자, 이 정도면 생각할 시간은 충분히 준 것 같은데. 자네의 생각은 어떠한가?"

담천군의 눈빛에 은근한 기대가 담겨 있었다.

그리고 그런 그와 지그시 눈을 맞추던 유신운이 한 글자, 한 글자에 힘을 주며 대답했다.

"싫습니다."

"그래, 그럼 이제 자네는 나의 제자…… 으응?"

이제는 담천군마저 당황하고 말았다. 놀랍게도 유신운은 검황의 제자라는 지위를 단칼에 거절해 버린 것이었다.

당하린과 제갈군을 제외한 모든 이들이 어이가 없다는 눈빛으로 유신운을 바라보고 있었다.

그들의 눈에는 유신운이 천하의 기회를 차 버린 바보, 천치처럼 보였다.

한참을 멍한 표정을 짓고 있던 담천군이 이내 제정신을 차리곤 조심스레 질문을 건넸다.

"……흐음, 이유를 물어도 되겠는가?"

그러자 유신운이 당당하기 그지없는 말투로 대답했다.

"뭐, 딱히 이유는 없습니다. 그저 스승이 이미 너무 많아서 더는 섬길 필요가 없을 뿐입니다."

유신운의 답변에 장내에 침묵이 가라앉았다. 당혹감과 황당함에 모두가 할 말을 잃어버린 것이었다.

한데 그럴 만도 했다.

저런 말 같지도 않은 이유로 강호에 몸담은 모든 이들이 바라마지 않는 검황의 제자라는 자리를 차 버리다니.

어느 누가 이해할 수가 있겠는가.

그러던 그때 담천군이 별안간 호탕한 웃음을 터뜨렸다.

"하하하! 거절을 당하다니, 이런 일은 또 처음이로군! 하하!"

그는 이 상황이 몹시 즐거운 것처럼 보였다. 한참을 껄껄 웃던 그는 천천히 진정을 하고 말을 이어 갔다.

"후우! 아쉽군, 아쉬워. 정말이지 자네를 먼저 데려간 그 스승들이 부러울 따름이로군."

"죄송합니다."

유신운이 집법당에 들어와 처음으로 공손한 태도로 말을 꺼냈다.

"아니네. 자네가 미안할 것이 무엇이 있겠는가. ……그런데 이대로 그대를 보내기에는 내가 너무 아쉽군."

의미를 알 수 없는 담천군의 말에 유신운이 고개를 갸웃하였다.

그러자 담천군이 슬그머니 다른 제안을 꺼냈다.

"……그래서 하는 말인데, 혹시 맹의 일원이 되어 줄 수 없겠나? 부디 이것은 거절하지 말아 주게."

믿을 수 없는 일이었다.

무림맹주가 오히려 입맹을 부탁하고 있다니.

무림맹의 창맹 역사 이례 본 적이 없는 일이었다.

그에 한참을 고민하던 유신운이 말을 꺼냈다.

"……흠, 귀찮은 일이 없는 자리라면 생각해 보겠습니다."

"오오, 알겠네. 귀찮은 업무가 없는 곳으로 자리를 마련해 주지."

유신운의 승낙에 담천군이 어느 때보다 기쁜 표정을 지어 보였다. 그리고 그 말과 함께 담천군은 슬며시 자신의 한쪽 손을 유신운의 어깨에 올리려 했다.

그 순간 유신운의 얼굴에 어느 누구도 눈치채지 못할 기색 이 잠시 떠올랐다가 사라졌다.

처척.

결국 담천군이 유신운의 어깨에 손을 올리고 말을 꺼냈다.

"잘 부탁하네."

그에 유신운은 무슨 이유에선가 잠시 말을 아꼈다가, 조심 스러운 태도로 대답을 하였다.

"제가 할 말이지요."

4장

　폭풍 같던 하루가 지나고, 어느새 낙양의 하늘에는 짙은 밤의 장막이 내려앉아 있었다.

　담천군의 등장과 함께 당하린과 제갈군의 처벌이 유야무야하게 끝나 버렸고, 집법원을 가득 채웠던 이들은 각자 자신의 처소로 돌아갔다.

　그리고 그것은 담천군 또한 마찬가지였다.

　검황의 맹주실.

　강호의 일대 세력인 무림맹을 이끄는 수장의 방은 매우 화려할 것 같지만, 예상외로 매우 소박하게 꾸며져 있었다.

　평상시 항상 사치와 향락을 멀리하고, 검소하고 청빈한 삶을 추구하는 담천군의 신조가 방의 전경에도 잘 묻어나는 듯 보였다.

　고요한 침묵이 내려앉은 방 안에서 담천군은 자신의 탁상에 쌓인 수없이 많은 보고서를 조용히 읽어 내려가고 있었다.

　맹주실 안에는 오로지 그만이 존재했다.

　무슨 이유에선가 백룡위들까지 모두 철수시킨 상태였다.

　한데 그때였다.

　스르륵.

　살짝 열린 창문 틈으로 바람 한 줄기가 새어 들어왔다.

　담천군의 머리카락이 찰랑이며 흔들리던 찰나.

　놀랍게도 그의 눈앞에 사람의 신형이 나타나 있었다.

　맹주실에 침입자가 침범한 일촉즉발의 위기 상황임에도 담천군은 미세한 반응조차 없었다.

　스읔.

　그는 그저 조용히 읽던 보고서를 탁자에 내려놓을 뿐이었다. 담천군이 고개를 올려 침입자와 시선을 맞추며 나지막한 목소리로 말을 꺼냈다.

　"사형께서 이 야심한 밤에 제게 어쩐 일이십니까?"

　"……."

　침입자의 정체는 다름 아닌 적양자였다.

　적양자는 대답이 없었다.

　"제 결정에 불만을 제기하러 오신 겁니까?"

　감히 맹주실에 정체를 숨기고 몰래 숨어든 크나큰 무례는 목이 달아나도 변명의 여지가 없는 중대한 잘못이었다.

하지만 담천군은 화를 내지 않고 적양자에게 존대를 계속했다.

적양자는 계속하여 어떠한 대답도 없었다.

"만일 그렇다면 어떤 말을 하신대도 저는 결정을 되돌릴 생각이 없으니, 이만 돌아가 주시지요."

단호한 축객령이 내려진 그 순간.

두 사람의 눈빛이 허공에서 맞부딪쳤다.

굳센 결의와 의지가 담긴 담천군의 눈빛과 달리 적양자의 눈빛에는 왠지 모를 불편함만이 가득 담겨 있었다.

그러던 그때 적양자가 깊은 한숨을 내쉬며 닫혀 있던 입을 열었다.

"……휴! 이만 보고를 시작해도 되겠습니까?"

담천군은 그런 그의 반응을 조용히 지켜보았다. 그러다가 이내 입꼬리를 말아 올리더니 크게 웃음을 터뜨렸다.

"하하! 알았네, 알았어! 장난은 이 정도까지만 하지."

갑자기 분위기가 급변하였다.

집법원에서 서로에게 날카롭게 날을 세웠던 두 사람의 모습은 온데간데없었다.

그들은 아무 일도 없었던 것처럼 행동했다.

아니, 오히려 세간에 알려진 것과 달리 적양자가 담천군을 마치 윗사람처럼 대하며 쩔쩔매고 있었다.

의문스럽던 그때 적양자가 말을 꺼낸 것처럼 보고를 시작하였다.

　"두 세력의 반응을 확인하고 오는 길입니다. 우선 칠대세가원의 대부분이 이번 사건에 대해 크게 반발하고 있습니다."

　"반발이라면?"

　"처벌 없이 끝났다는 것에 만족하는 온건파도 있지만 극소수입니다. 칠대세가원의 대부분이 구파일방에 날 선 적의를 드러내고 있습니다. 급진파의 주장에 힘이 실릴 것 같습니다."

　"구파일방의 움직임은 어떠한가?"

　"이런 상황에서도 오히려 요직에 있는 칠대세가원들을 쳐내려 획책하고 있습니다."

　"호오. 그렇다면 생각보다 빨리 칠대세가가 탈맹할 수도 있겠군."

　무언가 이상했다.

　칠대세가의 탈맹.

　즉, 무림맹을 구성하는 한 축이 이탈할 수도 있다는 거대한 문제에 대해 논의를 하고 있음에도 그들의 표정에서 느껴지는 감정은 결코 안타까움이나 걱정이 아니었다.

　그것은 만족감과 비웃음이었다.

　언제나 청수처럼 정순한 기운만이 흘러넘치던 담천군의 전신에서 음험하기 짝이 없는 기운이 스멀스멀 피어오르고 있었다.

그러던 그때 적양자가 너무도 충격적인 사실을 입 밖에 내었다.

"이로써 칠대세가와 구파일방의 이간지계는 완벽히 성공한 것 같습니다. 축하드립니다, 령주님."

믿을 수 없는 말이었다.

적양자는 담천군을 령주라 칭하고 있었다.

검황 담천군.

아니, 혈교의 진령주가 대답했다.

"내가 누차 말했지 않았던가. 이번 사태가 오히려 교의 계획을 가속시키는 기폭제가 될 것이라고 말이야."

"혈교 천세! 천천세!"

진령주의 말에 그를 따르는 부령주인 적양자가 무릎을 꿇으며 목소리를 높였다.

그랬다. 세력의 성세를 따지면 현재 구파일방 중 최강이라 불리는 화산파를 이끄는 양대산맥 모두가 혈교의 간자였던 것이다.

점차 맹주실을 가득 채웠던, 그들의 전신에서 뿜어져 나오던 마기가 사라져 갔다.

"……한데 령주님, 궁금한 것이 있습니다."

"무엇인가?"

그런데 적양자가 담천군에게 문득 떠오른 질문을 건넸다.

"유신운, 그놈을 왜 맹에 들이신 것입니까? 다름 아닌 태령주의 죽음에 관련된 자입니다. 저는 이것이 좋은 선택인지 모르겠습니다."

적양자가 의아해할 만도 했다.

사실 당하린과 제갈군의 판결에 대한 것은 두 사람이 이미 사전에 결정을 해 놓은 일이었다.

하지만 유신운은 달랐다.

갑작스레 나타난 그에 대한 결정은 담천군이 그 자리에서 독단적으로 행한 것이었다.

'우리가 손을 쓰지 않더라도 그대로 뒀다면 천강진인에게 죽음을 맞이했을 터이거늘. 왜 갑자기 맹의 직책을 내리신 거지?'

그의 속내에 그런 의문이 차오르던 그때.

담천군이 차갑게 가라앉은 목소리로 말을 꺼냈다.

"예상 밖의 존재는 언제나 예상치 않은 결과를 가져온다. 일말의 가능성을 모두 틀어막으려면, 자신의 눈 아래에 묶어 두는 것이 가장 상책이지."

"……녀석이 그 정도의 가능성을 지녔다고 보십니까?"

담천군이 유신운의 어깨를 쥐었던 자신의 손을 슬그머니 내려다보고는 이내 말을 이어 갔다.

"두려워할 정도의 가치는 없으나, 그렇다고 쉬이 볼 존재도 아니다."

"......!"

적양자는 깜짝 놀란 반응을 보였다.

근래에 담천군이 누군가를 평가할 때 저 정도의 말을 꺼내는 걸 본 적이 없었던 것이다.

"직접 만나 보니 무언가 숨기고 있는 구석이 분명히 있다. 힘을 들여다본 결과, 벌써 초절정 최상급에 도달해 있더군."

"초절정 최상급 말입니까?"

마신의 은총을 받지 않는데도, 그 어린 나이에 초절정 최상급에 도달하다니.

그야말로 하늘이 내린 재능이 아닐 수 없었다.

적양자의 눈이 게슴츠레하게 떠졌다.

'지켜본 결과 회유를 하는 것이 불가능한 놈이다. ……그렇다면 교의 미래를 위해 반드시 죽여야 해.'

유신운의 위험성을 깨달은 그가 마음속에서 살심을 키우며 다시금 질문을 건넸다.

"하면 어떤 곳을 맡기실 생각이십니까?"

그의 말에 담천군이 적양자가 예상치 못한 곳을 꺼냈다.

"내찰당(內察黨)을 맡길 생각이다."

"아, 그렇군요! 분명히 내찰당이라면!"

담천군의 말에 적양자가 흥분한 반응을 보였다.

내찰당은 무림맹 창맹 초창기에 맹 내부의 부패와 비리를 감찰하기 위해 만들어진 기관이었다.

자정 기능을 위해 꼭 필요한 기관이었기에, 처음만 하더라도 상당히 막중한 권한을 지니고 있었다.

내찰당은 오로지 맹주 직속으로 유지되며, 어느 누구도 수사를 방해할 수 없었다.

하지만 점차 시간이 흘러가며 무소불위의 힘을 지닌 내찰당에 대해 칠대세가와 구파일방이 거부감을 드러내기 시작했다.

그들은 내찰당이 지닌 권한에 온갖 칼질을 하였다.

내찰당이 지녔던 권한을 대부분 자신들의 권력 기구인 집법당에 이양하였고, 내찰당의 소속 인원을 10명도 되지 않게 소규모로 개편해 버렸다.

그런 탓에 지금의 내찰당이 할 수 있는 일이라곤 고작해야 맹의 식당에 납품되는 식재료에 얽힌 비리 관계를 캐는 것 정도에 불과했다.

내찰당주는 고위 간부인 당주의 직위에 해당하지만, 실상 맹원들에게 일반 대주 정도로 취급받고 있었다.

그래서 내찰당에 배치가 되면 맹을 그만 두는 일도 비일비재할 정도였다.

"완전히 유명무실해진 곳이지만 직함은 분명히 당주이니, 외부에서 보기에는 맹주께서 충분한 수혜를 내리는 것으로 보이겠군요. 탁월한 선택이십니다."

"녀석이 아무것도 모르고 자신에게 주어진 허명에 취해 허덕이고 있을 때, 방심한 놈의 목에 독아를 박아 넣을 것이다."

"암살을 준비하고 있는 손령주가 아쉬워하겠군요."

담천군의 얼굴에 떠오른 잔혹하기 그지없는 미소에 적양자 또한 함께 웃음을 지어 보였다.

······그러나.

그들이 완전히 놓친 부분이 있었다.

그것은 유신운에게 가장 경계해야 할 점이 무력이 아닌 가공할 심모를 꾸미는 지력이라는 것이다.

같은 시각.

유신운은 무림맹 근방에 있는 한 기루에 자리하고 있었다.

고된 일을 마치고 여흥을 즐기기 위함은 전혀 아니었다.

"그럼 저희는 이만 물러가겠습니다. 주변은 저희가 철저히 지키고 있으니, 걱정하지 않으셔도 됩니다."

"고맙소."

정중한 인사와 함께 기녀들이 화려하게 꾸며진 방을 빠져나갔다.

이곳은 보통 기루가 아니었다.

하오문이 비밀리에 운영 중인 안가 중 하나였다.

곳곳에 수많은 기관진식과 함정을 깔아 놓고, 직원으로 가장한 경비 무사를 배치하였다.

사실 안가는 하오문의 최고 간부나 문주만이 사용할 수 있는 공간이었지만, 하오문주 신우양의 특별 지시로 이곳을 숙소로 사용할 수 있게 되었다.

스아아.

기녀들이 사라지자 유신운은 자신의 주위로 기감을 넓게 펼쳤다.

그의 내부에서 쏟아진 음의 마나와 내기가 동시에 주위를 뒤덮으며, 사방에 존재하는 모든 존재들을 감지해 내었다.

'무림맹도 이곳까지는 따라붙지 못했군.'

무림맹을 빠져나오자 그의 뒤에 은밀히 붙었던 추적자들이 마침내 안가를 파고드는 것을 완전히 포기한 듯했다.

'위치가 발각됐으니 이곳은 그대로 버려야 하겠군. 뭐, 빚은 나중에 확실히 갚으면 되니까. 한데 그건 그렇고……'

그렇게 하오문에 대한 생각을 정리한 유신운은 드디어 무림맹에서 새롭게 발견한 적에 대해 떠올리기 시작했다.

그의 얼굴이 어느 때보다 진지해졌다.

구룡방과 염천석이 우스워질 정도로 새로운 적은 강력하고 강대하기 그지없었다.

'상상도 못 했군. 설마 무림맹주가 혈교의 팔령주였을 줄이야.'

놀랍게도 유신운은 정확히 검황 담천군이 혈교의 팔령주

중 한 명이라는 사실을 알아차리고 있었다.

생강시였을 당시의 기억 때문에 미리 알고 있던 것은 결코 아니었다. 그가 알고 있던 팔령주의 정체는 태령주가 유일했기 때문이었다.

'이게 없었다면 하마터면 큰일 날 뻔했군.'

이 모든 일은 그가 태령주를 해치우며 얻은 새로운 힘 덕분이었다.

처척.

그가 조심스레 방의 한가운데에 섰다.

음의 마나를 사용하자 별안간 방 안에 짙은 안개가 깔리기 시작했다. 스킬을 사용해 외부의 공간과 내부를 철저히 단절시킨 유신운은 눈을 빛내며 입을 달싹였다.

"진정한 모습을 드러내라. 육혼번(六魂幡)."

촤라라.

유신운의 말이 끝남과 동시에 그의 온몸을 뒤덮고 있던 유리처럼 투명한 날개가 활짝 펼쳐지며 제 모습을 드러내기 시작하였다.

날개로 보였던 것은 나풀거리는 여섯 가닥의 투명한 천이었다.

육혼번의 생김새는 마치 도화에 그려진 선녀의 날개옷 같았지만, 하늘하늘한 모습과는 달리 융독겸에 비견될 만한 강대한 힘이 주변에서 일렁이고 있었다.

자욱한 안개 속에서 유신운이 손을 뻗어 비단을 만지자,
육혼번은 마치 살아 있는 생명체처럼 자신의 주인을 향해 움
직임을 보였다.

　　전생의 에고 웨폰을 떠올리게 하는 그 모습을 보며 유신운
이 속으로 감탄을 토해 냈다.

　　'이것도 융독겸과 마찬가지로 자신의 의지를 지니고 있어.
보패는 알면 알수록 놀랍군.'

　　육혼번은 다름 아닌 염천석을 해치우고 얻었던 2개의 새
로운 보패 중 하나였다.

　　[육혼번(戮魂幡)]

　　종류 : 보패

　　등급 : S+

　　상태 : 부분 개방

　　주선(主仙) : ?

　　권능 :

　　1) 분혼(分魂)의 깃.

　　자신의 혼과 기운을 육혼번의 여섯 개의 비단에 각기 나눈
다.

　　자신의 기운을 적에게 숨길 수 있으며, 자신에게 향한 상대
방의 기운을 비단을 통해 외부로 흘려보낸다.

2) 탐혼(探魂)의 깃 / 30일 후 사용 가능.

육혼번의 비단에 닿은 존재의 모든 것을 낱낱이 탐색한다.

-탐색한 상대의 기운의 크기에 비례하여 재사용 대기 시간이 증가한다.

-현재 30일 이후 사용 가능.

3) ?

4) ?

설명 : 선인들이 사용하는 초월적인 능력을 지닌 신비로운 법보, 보패 중 하나.

사용자가 선인의 몸과 선인의 기운을 지니고 있지 않다면, 감히 내재한 힘을 사용할 수 없다.

맨 처음 융독겸을 얻었을 때와 마찬가지로 육혼번을 창조한 주선의 이름은 숨겨져 있었다.

하지만 다행히도 가장 중요한 '권능'은 부분적으로 정보가 개방이 되어 있었다.

융독겸보다 높은 S+ 등급의 육혼번은 무려 4개의 권능을 지니고 있었다.

그중 '분혼의 깃'과 '탐혼의 깃'이 사용 가능했다.

그러던 그때 유신운이 명령어를 내뱉었다.

"'탐혼의 깃', 사용 결과 재확인."

그 말이 떨어진 순간 또 다른 시스템창 하나가 추가로 떠올랐다.

[담천군 / 8재앙 : '?']

　무골 : 천무지체(天武之體) / 극마지체(極魔之體) / 인외반요(人外半妖).

　특성 : 현무지경 / 만독불침 / 심령지배…….

　무공 : 이십사수 매화검법, 암향표, 칠릉매화검, 자하신공, 귀살천라수, 파천신공, 마령진살검…….

　스테이터스 정보 : (상세히 보기)

그 창에는 검황 담천군에 대한 수많은 정보가 적혀 있었다.

보유한 무골, 특성, 무공부터 레벨을 비롯한 세세한 스텟 정보까지 모두 담겨 있었다.

그가 이미 지니고 있던 백혼안의 완벽한 상위 호환이 되는 능력이었다.

무공을 비롯해 상대의 스테이터스 정보까지 알 수 있다니.

말도 안 되는 사기 스킬이었다.

하지만 탐색의 깃의 가장 중요한 힘은.

'……정체를 숨긴 령주의 정체를 발견할 수 있다는 거지.'

바로 그것이었다.

담천군의 이름 옆에는 염천석과 같은 8재앙이라는 칭호가 적혀 있었다.

어떤 몬스터인지는 물음표로 가려져 있지만, 그것만으로도 담천군이 혈교의 령주 중 하나라는 사실이 밝혀졌다.

시간을 거슬러 올라가 집법원에 담천군이 등장했을 때.

유신운은 그의 몸에서 쏟아지는 압도적인 현기와 선기에 잠시 의심의 시선을 거두었었다.

누가 보아도 그는 백도의 수장다웠으며, 적양자를 비롯한 천강진인과 대립각을 세우는 것 또한 그의 의심을 내려놓게 만들었다.

하지만.

'……잠깐!'

대화를 끝마친 담천군의 손이 자신의 어깨를 향하던 그때.

일순간 등골을 서늘하게 만드는 알 수 없는 불안감에 유신운은 마지막으로 남은 자연력을 끌어 올려 육혼번을 사용했다.

육혼번은 융독겸과 달리 사용에 어떠한 기운의 방출도 없었다. 즉, 은밀한 사용이 가능하다는 뜻이었다.

찰나의 순간, 먼저 사용한 것은 분혼의 깃이었다.

분혼. 혼을 나눈다는 이름처럼 분혼의 깃은 자신의 혼과 기운을 여섯 비단에 나눌 수 있었다.

유신운은 뇌운신기를 제외한 동화선기, 음의 마나, 자연력, 흡수한 내기 등등 모든 기운을 비단으로 이동시켰다.

눈 깜짝할 사이에 기운의 이동이 진행되었고, 담천군의 손이 유신운의 어깨에 맞닿았다.

그 순간 유신운이 아니었다면 어느 누구도 느끼지 못했을 한 줄기의 오염된 마나가 그의 몸속을 파고들었다.

자신의 몸속을 낱낱이 살피는 오염된 마나에 유신운은 소름이 끼쳤지만, 조금의 티도 내지 않고 태연한 척 연기했다.

그러자 몸속으로 파고들었던 오염된 마나는 곧이어 뇌운신기만을 확인하고 제 주인에게로 돌아갔다.

유신운은 서둘러 분혼의 깃을 거두고, 탐혼의 깃을 움직여 담천군의 신체에 은밀히 접촉하였다.

육혼번은 투명한 모습처럼 실체가 없는 무형의 물건이었다.

담천군은 육혼번의 비단이 닿았음에도 조금도 알아차리지 못했다.

이렇게나 빨리 무림맹에서 암약하고 있는 팔령주를 발견할 줄 몰랐던 유신운은 기쁠 따름이었다.

원수가 제 발로 찾아온 격이었다.

하지만 그는 딱 한 가지가 아쉬웠다.

'……흐음, 탐혼의 깃의 재사용 대기 시간이 30일이라. 이거 어쩔 수 없이 무림맹에 꽤나 오래 잠입해 있어야겠군.'

육혼번은 작은 접촉만으로도 적의 정체를 단번에 밝혀낼 수 있는 능력을 지니고 있었지만, 탐색한 상대의 기운의 크기에 비례하여 재사용 대기 시간이 정해진다는 크나큰 단점을 지니고 있었다.

그리고 담천군을 확인한 결과, 탐혼의 깃은 30일이란 매우 긴 재사용 대기 시간이 생겼다.

그 시간 동안에는 직접 발품을 팔며 무림맹 내부에 뿌리를 내린 혈교도들을 찾아내야 했다.

스르륵.

그때 유신운의 그림자 속에서 작은 형체가 하나 떠올랐다.

그가 이전에 첩보에 자주 활용하였던 섀도우 위스퍼였다.

오염된 마나를 자유자재로 사용하던 담천군은 섀도우 위스퍼를 감지해 낼 위험성이 매우 컸기에, 유신운은 적양자의 그림자에 몰래 한 마리를 숨겨 두었었다.

그러나 섀도우 위스퍼를 바라보는 유신운의 눈에 아쉬움이 잔뜩 묻어 나오고 있었다.

'……이 녀석이 있어도 쉽지 않겠어.'

그 순간 섀도우 위스퍼가 자신이 본 광경을 영상으로 비추기 시작했다.

그리고 거기서 아쉬움의 원인이 드러났다.

치직! 치익!

영상은 조금도 알아 볼 수 없을 정도로 뭉개져 있었으며.

—······그렇다면 ······칠대세가가 탈맹······군.

—······이로써 칠대······ 일방의 이간지계······ 성공. 축하······ 령주.

—······내찰당 ······맡길.

들리는 대화 소리는 잡음이 너무 심했다.

이것은 모두 무림맹 곳곳에 수십 겹으로 깔려 있는 방어진법과 술법 들 때문이었다.

유신운은 마음 같아선 만상자의 힘을 활용해 진법들을 모두 해체시켜 버리고 싶었지만, 금세 포기했다.

그랬다가는 맹 내에 비상사태가 선포되고 금세 범인을 색출할 것이기 때문이었다.

득보다 실이 많았다.

'꼬리를 밟힐 수 있으니, 맹 내에서 섀도우 위스퍼를 사용하는 건 이번이 마지막이겠군.'

아쉬움에 쩝 하고 입맛을 다시며 유신운은 영상의 잡음 속에서 그나마 들린 단어들로 정보를 유추하며 정리해 나갔다.

칠대세가의 탈맹.

분명히 또 다른 미래의 기억 속에서도 벌어졌던 일이었다.

하지만 이전보다 훨씬 빠른 시점에 계략이 논의되고 있

었다.

당연하게도 자신이 현재를 바꾼 탓일 터였다.

'지금 시점에 탈맹이 되면 혼란만 가중될 뿐이야. 칠대세가에도 분명히 간자가 있을 거다. 놈들의 정체를 밝혀내고, 섣부른 탈맹을 막아 내는 것이 첫 번째. 그리고 남은 세가들을 내 편으로 끌어 모으는 것이 두 번째겠군.'

쉽진 않겠지만 그것이 최선이었다.

그렇게 결론을 내린 유신운은 내찰당이란 말을 곱씹었다.

"내찰당이라…… 분명히 그곳이라면."

유신운의 눈에 이채가 떠올랐다. 그리고 곧이어 유신운의 얼굴에 사악하기 그지없는 미소가 지어졌다.

'멍청한 놈들, 땅을 치고 후회하게 만들어 주마.'

그 미소는 마치 새로운 장난거리를 찾은 악동을 연상케 했다.

스윽.

순간 유신운이 품속에 손을 넣어 무언가를 꺼냈다.

이따금 정체를 숨길 때 사용하던 뼈가면이었다.

"자, 그럼 당주 임명이 공표되기 전까지 슬슬 '새로운 이름'이나 얻으러 가 볼까."

이어 가면을 얼굴에 쓴 유신운이 나지막한 목소리로 혼잣말을 내뱉었다.

그로부터 며칠 후.

낙양에서 전해진 소식으로 강호 전역이 떠들썩하게 난리가 났다.

─절강성의 패주, 유신운이 무림맹을 들이박았다!

근시일 호사가들의 입에서 가장 많이 오르내린 존재인 유신운이 또 한 번 일대 사건을 벌였다.

구룡방에 이어 무림맹이라니.

사람들은 놀라지 않을 수가 없었다.

평화의 시대가 이어지며 지금껏 누구도 감히 무림맹과 대적하려는 이가 없었기 때문이었다.

─공동파의 장문인 천강진인이 제갈세가와 당가의 자제들에게 벌을 내리려 하였고, 유신운은 그것에 반발하여 구파일방과 칠대세가의 주인들 앞에서 무림맹에 따끔한 직언을 내뱉었다.

점점 소문이 퍼지며 상세한 사건의 내막이 밝혀지자, 지금껏 유신운을 평가절하 했던 많은 사람들이 그를 재평가하기 시작했다.

황산파의 일을 은근슬쩍 넘어가려는 무림맹의 행태에 불만을 가졌던 이들은 유신운의 행동과 언사에 시원함과 통쾌함을 얻었다.

하지만 사람들은 이어 들려온 소식은 쉽사리 믿지 못했다.

-뒤늦게 나타난 검황 담천군이 작금의 무림맹의 행태에 통탄하였고, 유신운을 구원하였다.

그리고 유신운을 높게 평가한 담천군이 유신운에게 자신의 제자가 되어 주기를 청했으나, 유신운이 정중히 고사하였다.

검황의 제자.

무림의 모든 젊은 무인들이 바라마지 않는 지고한 위치였다.

그런데 그 자리를 스스로 박찼다니.

어찌 이런 사실을 믿을 수 있겠는가.

세간은 그야말로 뒤집어졌다.

유신운은 그야말로 혜성처럼 등장한 일대신성의 모습이었다. 수많은 호사가들이 유신운을 새로이 구룡에 넣어야 한다고 말을 할 정도였다.

그런 시점에서 무림맹에서 자정을 위해 유신운을 특별히

내찰당주로 초빙한다는 소문이 돌았다.

아직 확실히 공표가 난 것은 아무것도 없었지만, 사람들의 입방아에 오르내리며 기정사실화되어 버렸다.

그런 찰나 이번에는 또 황궁의 이야기가 흘러나왔다.

–누구나 실수는 할 수 있는 법. 더욱 중한 것은 다음번에 똑같은 실수를 하지 않으려 노력하는 것이다. 그 노력의 첫걸음으로 유 가주를 택한 맹의 선택을 칭찬하는 바이다. 하나 짐이 계속하여 그들의 노력을 지켜볼 것이다.

황제의 이야기와 세간의 분위기는 무림맹 안에까지 퍼졌다.

예상치 못한 상황에 적양자와 그 세력들은 당황할 수밖에 없었다. 모두의 시선이 몰리며, 논의 중이던 유신운에 대한 사안이 빼도 박도 못 하게 되어 버린 것이다.

게다가 지금의 내찰당의 규모를 그대로 유지하려던 계획이 어긋나게 되었다.

황제가 계속해서 지켜볼 것이란 말까지 한 마당에 엉망진창인 내찰당을 그대로 선보이면, 황제가 어떻게 반응할지는 뻔했기 때문이다.

그에 결국 적양자는 울며 겨자 먹기로 내찰당의 규모를 여타 다른 당의 것과 같은 크기로 개편할 수밖에 없었다.

그리고 그는 전혀 모르겠지만, 소문을 이용해 일을 이렇게까지 크게 만든 것은 모두 하오문을 이용한 유신운의 계략이었다.

해가 지고 달이 떠오르자, 낙양의 홍등가는 제대로 걸어다닐 수 없을 정도로 사람이 붐볐다.

어느 가게 할 것 없이 문전성시를 이루고 있었지만, 딱 한 곳만은 사람들이 눈도 두지 않고 있었다.

홍등가의 중심에 떡하니 자리한 그곳은 간판이나 문패가 없는 허름한 객잔이었다.

술기운에 취해 비틀거리던 사람도 그 객잔의 문전에서는 정신을 똑바로 차리고 걸어갔다.

사람들이 그렇게 근처에 갈 엄두조차 내지 못하는 이유는 간단했다. 객잔의 숨겨진 정체 때문이었다.

이 허름한 객잔이 바로 낙양의 낭인시장(浪人市場)이었다.

낭인은 어느 단체에 적을 두지 않고 정처 없이 전국 각지를 떠도는 무인들을 일컫는 말이었다.

그들은 대부분 의뢰주에게 돈을 받고 자신의 재주를 파는데, 이곳 낭인시장이 바로 그들을 고용하고자 하는 의뢰주들과 낭인들을 연결해 주는 일종의 중개소였다.

처척.

그때 한 사내가 모두가 기피하는 낭인시장 앞에 멈추어 섰다.

주변을 걷던 사람들이 그런 사내를 보고는 모두 놀라 제 두 눈을 부릅뜨고는 가던 발걸음을 서둘렀다.

한데 그럴 만도 했다.

사내의 몰골이 기괴하기 짝이 없었다. 머리에 흉측한 뼈 가면이 쓰고 있었기 때문이었다.

'여기군.'

안가를 떠난 유신운은 낭인시장으로 향했다.

'내찰당의 개편을 끝마치고, 나를 부르려면 최소 열흘은 족히 필요할 터. 어차피 기다려야 할 시간이라면, 할 일을 미리 해 두는 편이 낫겠지.'

황실과 여론의 압박을 이기지 못하고 내찰당의 개편에 들어간 무림맹의 움직임을 포착한 그는 또 다른 미래의 기억을 떠올리며 낙양에서 얻을 수 있는 이득을 챙기기로 결정을 한 것이었다.

순간, 유신운이 삐걱거리는 문을 열고 낭인시장 안으로 들어섰다.

유신운의 눈에 낭인시장의 전경이 들어왔다. 전체적으로는 일반적인 다른 객잔의 모습과 크게 다르지 않았다.

낭인시장은 3층으로 나뉘어 있었고, 2층과 3층은 객실이,

1층에는 술을 마실 수 있게 수많은 탁상과 의자가 놓여 있었다.

유신운이 문을 열고 들어오자 서로 시끄럽게 떠들던 낭인들이 고개를 돌려 그를 바라보았다.

뼈 가면에 움찔하고 놀라는 이들도 몇몇 있었지만, 대부분은 도리어 한쪽 입가를 말아 올리며 비웃음을 지었다.

온갖 풍파를 겪은 그들이 한낱 가면에 겁을 먹을 리 없었다.

등장만으로도 모두의 주목을 받고 있음에도, 유신운은 조금의 움츠러듦도 없이 그들을 가로질러 객잔의 한쪽 끝에 있는 접수대로 향했다.

본래라면 주방이 있어야 할 공간에 긴 일자형 탁상이 놓여 있었다.

그리고 그곳에 검은 두건을 이마에 두르고 있는 중년의 무사가 앉아 있었다. 왼쪽 눈썹부터 턱까지 이어지는 긴 흉터가 있었다. 한눈에 보아도 칼에 베인 상처였다.

그가 바로 낭인시장 낙양지부를 이끌고 있는 혈추표(血追豹) 엄악(儼嶽)이었다.

탁상에 놓인 수많은 종이를 뒤적이고 있던 그가 고개를 들어 유신운을 바라보았다. 그리고 곧 표정의 미동도 없이 한숨을 폭 내쉬었다.

'기 싸움에서 지지 않기 위해 가면까지 구해 쓰고 온 건

가? 하아, 요즘 것들의 머릿속은 당최 이해할 수가 없군.'

엄악은 유신운에게 박한 평가를 내렸다.

그의 얼굴을 덮고 있는 뼈 가면을 신출내기 낭인이 다른 이들에게 무시당하지 않기 위해 저지른 행동이라고 결론을 내린 것이다.

"후, 무슨 일로 왔소?"

"……의뢰를 받으러 왔다."

가면 사이로 들려오는 소름 끼치는 목소리에 엄악이 움찔하였다.

'사람의 목소리가 어찌…….'

하지만 15년간 온갖 인간 군상을 마주한 그는 금세 평정심을 되찾고 말을 이어 갔다.

"……명첩(名帖)은 가져 오셨소?"

명첩이란 의뢰를 원하는 낭인이 자신의 신상과 특기를 간략히 적은 기록을 말했다.

엄악의 말에 유신운이 품에서 종이를 한 장 꺼내 그에게 건넸다.

'뭐야, 이건?'

한데 무슨 이유에선가 명첩의 내용을 확인한 엄악의 표정이 와락 구겨졌다.

　-명첩

성명 : 무명
나이 : 무
출신 : 무
경력 : 무
특기 : 검법, 진법

　엄악은 어처구니가 없었다. 명첩에 적힌 내용이 특기란 한
줄 말고는 아무것도 없었기 때문이었다.
　남에게 말하기 힘든 과거를 지닌 이가 많은 낭인의 특성상
이름을 적지 않는 이들은 꽤 있었지만, 별호조차 적지 않는
경우는 흔치 않았다.
　그도 그럴 것이 자신의 별호가 없다는 것은 무림 초출의
애송이란 뜻이었기 때문이었다.
　'미쳐도 단단히 미친놈이구나.'
　다른 지부에서 이따금씩 스스로의 목숨을 끊기 위해 찾아
오는 놈들이 있다더니, 눈앞의 이놈이 딱 그 예인 것 같았다.
　눈앞의 남자를 내쫓아야 하나 어째야 하나 고민하던 엄악
은 이내 생각을 접었다.
　'……됐다. 어느 누구와도 엮이지 않는 것이 낭인의 삶이
니까.'
　유신운의 명첩을 한쪽에 내려놓은 그는 탁상의 아래에서
손바닥만 한 기다란 패를 하나 꺼냈다.

흑갈색의 나무패에는 '동'이란 한 글자가 적혀 있었다.

낭인시장에서 낭인들의 등급을 분류한 후 건네주는 등급패였다.

낭인의 등급은 동, 은, 금, 옥, 백옥, 금강의 여섯 등급으로 나뉘는데, 동 등급은 가장 아래 등급으로 고작해야 삼류에서 이류의 무위를 지닌 낭인에게 주어지는 것이었다.

완전히 유신운을 무시한 처사였지만, 정작 동패를 건네받은 유신운은 별다른 반응이 없었다.

그러자 엄악이 엄지손가락으로 자신의 등 뒤를 가리키며 말했다.

"등록은 끝났소. 동급 낭인은 따로 지명 의뢰가 없으니, 저기 의뢰판에서 본인이 하고자 하는 의뢰를 택하면 되오."

그가 가리킨 방향에 위치한 한쪽 벽에는 수많은 의뢰서가 붙어 있었다.

유신운은 동패를 품에 넣고 걸음을 옮겨 의뢰서들의 내용을 확인하였다.

    ─동천굴(東泉窟) 요괴 퇴치
    위치 : 남소(南召)
    위험도 : 옥급 / 5인 연대
    성공 보수 : 금자 30냥

-구이채 산적 토벌

위치 : 제원(濟源)

위험도 : 금급 / 독행

성공 보수 : 은자 40냥

각기 다른 내용과 위험도를 지닌 수많은 의뢰들이 있었다.

의뢰들은 크게 독행과 연대로 나뉘었는데 독행 의뢰는 말 그대로 한 명의 낭인 혼자서 수행할 수 있는 것이었고, 연대 의뢰는 적힌 숫자만큼의 낭인들이 일시적인 연합을 이루어 수행하는 의뢰였다.

당연히 연대 의뢰의 위험도가 독행 의뢰보다 훨씬 컸다.

본래 유신운과 같은 동급의 낭인은 간신히 입에 풀칠이나 할 수 있을 정도의 보수나 주는 최하 등급의 독행 의뢰를 행해야 하지만, 유신운은 독행 의뢰에는 눈길도 주지 않았다.

'여기 있군.'

그는 의뢰판에서 단 두 개밖에 없는 백옥 등급의 의뢰서를 발견하고는 가면 속에서 의미심장한 미소를 지었다.

한데 그때였다.

"이보시게, 소형제."

유신운의 뒤편에서 누군가가 말을 건네 왔다.

유신운이 고개를 돌리자 그곳에는 얼굴에 사람 좋아 보이는 미소를 짓고 있는 한 젊은 낭인이 서 있었다.

흙먼지가 그대로 달라붙은 지저분한 행색의 주변 다른 낭인들과 달리 사내는 깨끗한 옷을 갖춰 입고 있었다.

　유신운은 말없이 가만히 상대를 지켜보았다.

　그러자 사내는 반달 같은 눈웃음을 지으며 말을 이어 나갔다.

　"하하, 그리 경계할 것 없다네. 나는 상신학(尙晨鶴)이라 하네. 강호의 친구들은 소면공자(笑面公子)라 불러 주고 있는데, 혹 들어 본 적 있는가?"

　상신학이라는 이름을 듣자 유신운의 눈빛에 돌연 이채가 떠올랐다.

　그러자 상신학의 표정에 화색이 감돌았다.

　"호오, 반응을 보아하니 나를 아는 모양이로군. 참으로 영광일세."

　상신학은 뒷머리를 긁적이며 장난스러운 목소리로 말을 꺼냈다.

　하지만 유신운이 아무런 대답 없이 가만히 서 있자, 슬그머니 제 말을 이어 나갔다.

　"하하, 말이 없는 친구인 것 같으니 각설하고 본론으로 바로 들어가겠네. 지나가는 길에 우연히 자네의 명첩을 보았는데, 자네 진법에 재주가 있는 것 같더군. 우리가 마침 자네 같은 이가 필요했던 터라, 영입을 해 보려 말을 건 것뿐이라네."

"……영입이라."

유신운이 닫혀 있던 입을 열자 상신학이 신이 나서 더 말을 꺼냈다.

"그렇네. 아, 내가 중요한 걸 말을 안 했군. 내가 말한 우리란 혈랑대(血狼隊)를 말하는 것이라네."

이따금씩 연대 의뢰를 함께 해결하던 낭인들이 합이 잘 맞을 경우, 일시적인 연대를 넘어 지속적인 연대를 이어 나가는 경우가 있었다.

어딘가에 얽매이는 것이 싫어 낭인이 된 이들이기에 가능한 일인가 싶지만, 오로지 돈에 의해 움직이는 그들이기에 벌어지는 일이었다.

그리고 혈랑대는 낙양의 낭인시장에서 세 손가락에 드는 낭인 연합 중 하나였다.

"혹시 실례가 아니라면 소형제가 지닌 진법의 재주가 어떠한지 물어도 되겠는가?"

"뭐, 나쁘지 않다."

유신운이 대뜸 반말로 대답하자, 상신학의 눈썹이 꿈틀했다.

하지만 언제 그랬냐는 듯 상신학은 특유의 미소를 다시금 얼굴에 띠우며 제 말을 이어 나갔다.

"하하, 자신만만한 것이 보기 좋구먼. 그럼 자네의 흥미가 동한 것 같으니, 의뢰 얘기를 상세히 해 보겠네."

그러자 유신운은 어디 한번 해 보라는 듯 고개를 끄덕였
다.

 "우리는 3달 정도 전부터 낙녕(洛寧)에 위치한 요괴 소굴을
소탕하고 있다네. 백옥급의 연대 의뢰인데, 성공 보수가 무
려 금 2관이나 되지. 이제 마지막 관문만 해결하면 되는 지
경까지 이르렀는데, 그곳에 깔린 진법이 도통 해결될 기미가
보이지 않아서 말이야."

 "시간이 꽤 있었는데, 그동안 다른 진법가들을 데려가지
못했나?"

 유신운의 질문에 상신학이 살짝 당황한 기색을 내비쳤다
가, 이내 대답했다.

 "크흠, 낙양의 진법가들을 데려가려 해도 요괴 소굴이란
말 때문에 지레 겁을 먹고 죄다 포기하더군. 자라같이 겁만
많아서는…… 아아, 말이 딴 쪽으로 샜군. 여하튼, 우리에게
는 자네 같은 인재가 꼭 필요한 상황이란 말이네."

 유신운이 고민을 하는 것 같자, 순간 상신학이 달콤한 보
상을 늘어놓기 시작했다.

 "어차피 내부에서 벌어지는 요괴와의 싸움은 우리가 전부
치를 것이네. 자네는 그냥 우리가 완벽히 호위를 해 주면, 후
딱 진법만 해체해 주면 되는 일이야. 성공만 하면 보수도 우
리와 똑같이 나누고, 원한다면 혈랑대에도 들어올 수 있게
해 주겠네. 자, 어때 자네에게는 좋은 기회 아닌가?"

좋은 이야기만 늘어놓는 것이 의심스럽기 그지없었다.

한데 그때였다.

—……자네, 그자를 절대 따라가지 말게.

갑작스레 귓전에 익숙한 목소리가 들려왔다.

다름 아닌 엄악의 목소리였다.

유신운이 티 나지 않게 시선을 돌려 바라보자, 엄악이 복잡한 표정으로 그를 바라보고 있었다. 그는 무언가를 더 말하고 싶은 것 같았지만, 무슨 이유에선가 머뭇거리고 있었다.

그런 찰나 유신운이 상신학에게 다시금 고개를 돌렸다. 그리고 그의 웃는 얼굴을 향해 대답했다.

"좋은 기회군. 바로 가면 되나?"

5장

4대의 마차가 줄을 지은 채 행선지로 바삐 움직이고 있었다.

각각의 마차 안에는 열댓 명의 낭인들이 가득히 자리하고 있었다.

그리고 그들 중에는 유신운 또한 있었다.

-하하! 탁월한 선택이오, 소형제! 자, 시간 낭비할 필요 없이 곧장 낙녕으로 출발합시다!

유신운이 엄악의 만류에도 불구하고 합류 의사를 밝히자 소면공자 상신학은 환한 미소를 지어 보이며, 이내 그와 함께 낙녕으로 향하는 마차가 있는 곳으로 향하였다.

미리 준비되었던 듯 유신운과 상신학이 도착하자 마차들은 모두 낙녕으로 출발을 하였고, 지금은 꼬박 하루가 지난 상태였다.

"흐흐, 이리 좋은 마차에 편히 누워 이동을 하는 것이 얼마 만인지 모르겠군."

"그러게 말이오. 우리 같은 일반 낭인들에게까지 이리 호의를 베풀다니. 혈랑대는 역시 혈랑대인 것 같소이다."

"하하, 내 말이 그 말이오."

마차 안에서 얼굴이 잔뜩 상기된 낭인들이 유쾌하게 말을 나누고 있었다.

혈랑대가 유신운과 마찬가지로 며칠 동안 여러 곳에서 포섭한 다른 낭인들이었다.

"흐흐! 한낱 계집 때문에 노친네에게 파문당하고 얼떨결에 이 길로 빠졌는데, 이렇게 금방 기회를 잡을 줄은 몰랐소."

"이 임무를 해결하면 우리의 등급은 단숨에 금급이 될 수 있을 거요."

"이야, 금급이라! 금급 낭인은 성공 보수가 엄청나다고 들었는데."

그런데 그들의 면면은 하나같이 어딘가 어설프고 모자란 구석이 많았다.

한데 그럴 수밖에 없었다.

그들 모두 여태껏 임무를 제대로 치러 본 적이 없는 신출내기 낭인들이었기 때문이었다.

마차마다 한두 명씩 있는 은급을 제외하고는 모두 동급의 삼류 낭인들이었다.

"……그런데 정말로 우린 요괴들과 싸우지 않아도 되는 것이겠지요?"

"저들이 그렇게 말하지 않았소. 얘기를 나누어 보니 저들은 우리들의 재주가 필요해서 부른 듯하오."

"한데 그대들은 무슨 재주로 제의를 받았소? 난 의술에 조예를 좀 가지고 있는 것이 좋게 작용한 듯하외다."

"난 화약을 좀 다룰 줄 아오."

"나는 길잡이 역할로 데려온 것 같습니다."

진법에 재주가 있어서 포섭당한 유신운과 마찬가지로 그들 모두 하나씩의 잡다한 특기를 지니고 있었다.

사실 그들은 자신의 하찮은 재주가 정말로 요괴 소굴을 소탕하는 데에 필요한 것인지에 대해 의아함과 의구심을 가지고 있었다. 말 그대로 잡기였으니까.

그런데 이야기를 나누다 보니 자신과 같은 처지의 낭인들이 수두룩하였고, 그것은 의심의 눈초리를 재빠르게 걷을 수 있게 만들었다.

임무를 성공하면 얻을 수 있는 일확천금의 기회가 그들의 눈을 가리고 있었기에, 애써 불안을 저 멀리 던져 버린 것이다.

"......한데 그건 그렇고, 저치는 대체 뭐요? 혹 정체를 아는 사람 없소?"

그러던 중 한 낭인이 속삭이듯 뱉은 말에 모두의 시선이 한 사람에게 향했다.

다름 아닌 유신운이었다.

낭인들 사이에서 유신운은 꽤나 주목을 받고 있었다.

마차에 올라탄 후 여태껏 단 한마디도 말을 꺼내지 않았지만, 얼굴에 쓴 기괴한 가면과 왠지 모르게 다가가기 힘든 분위기가 모두의 이목을 집중시키고 있었던 것이다.

"......낭인 중에 별별 특이한 작자들이 많다는 소리를 들었소만, 뼈로 된 가면을 쓰고 다니는 놈팽이가 있을 줄은 몰랐소이다."

"쯧, 괜히 재수 없게 시리."

"쉿! 들리겠소. 조용히 하시오."

"들리면 어떻소. 저렇게 겉멋에 빠진 놈들이 실상 실력은 형편없는 것이 대부분이오."

자신을 향한 비아냥이 쏟아지고 있었지만, 유신운은 조금의 미동조차 없었다.

'생각지도 않게 목표물이 먼저 접근해 준 덕분에 일이 쉽게 풀렸군. 놈들의 목적은 이미 알고 있지만, 마굴에 무엇이 있는지는 모르니 아직 긴장을 늦춰선 안 되겠군.'

생각에 잠겨 있는 유신운에게 그들이 떠들어 대는 소리는 날파리들이 귀찮게 구는 것과 다름없었기 때문에 여전히 무시로 일관했다.

　그런 유신운의 모습을 보고 다른 낭인들은 그가 자신들에게 겁을 먹었다고 생각하곤 한껏 의기양양해졌다.

　한데 그때였다.

　"……저, 괜찮으시면 옆에 좀 앉아도 될까요?"

　누군가가 슬며시 유신운의 곁에 다가와 있었다.

　처음으로 유신운이 고개를 돌려 눈을 맞추자, 앳된 얼굴을 지닌 소년이 자신을 바라보고 있었다.

　유신운은 아무런 대답 없이 소년을 지그시 바라보았다.

　평범한 이라면 진즉 겁에 질려 있던 곳으로 돌아갔을 터인데, 소년은 밝디밝은 미소를 지어 보이고 있었다.

　'잠깐! 이 녀석…….'

　그때 무슨 이유에선가 유신운의 눈에 이채가 떠올랐다.

　이어 유신운이 고개를 작게 끄덕였다.

　그러자 소년이 유신운의 생각이 바뀔세라 얼른 그의 곁에 털썩 앉았다.

　"헤헤, 시장할 텐데 하나 드세요. 전 서평(西平)에서 온 여득구(呂得求)라고 합니다. 편하게 득구라고 불러 주세요."

　그러곤 아까부터 손에 꼭 쥐고 있던 주먹밥 하나를 유신운에게 건네며 말했다.

그에 유신운이 차가운 목소리로 말을 꺼냈다.

"모르는 자의 물건은 받지 않는다."

"에이, 형님. 모르는 사이라뇨. 이렇게 인사도 했고 면도 텄으니 이제 아는 사이 아닙니까. 옛말에 사해가 동도라고 했잖아요. 아! 가면 때문에 얼굴이 안 보이시지만 목소리를 들어 보니 저보다 나이가 위신 것 같은데 형님이라고 불러도 되죠?"

여득구는 촉새처럼 쏘아 내듯 연이어 말을 내뱉었다.

'그건 그렇고 제갈군은 가문의 일을 잘 해결했는지 모르겠군. 녀석에게 슬슬 그걸 넘겨줄 때가 됐는데.'

유신운은 생김새가 완전히 다르지만, 불현듯 제갈군이 떠올랐다.

유신운이 다시금 말이 없어지자, 여득구가 조금은 초조해 보이는 표정으로 말을 꺼냈다.

"보아하니 다들 아는 사람끼리 온 것 같은데…… 전 완전히 혼자 와서 말이에요. 싸우진 않아도 된다고 하지만, 그래도 혹시 모르니 저도 등을 맡길 사람이 필요한데…… 헤헤, 그래서 하는 말인데 형님과 제가 서로의 뒤를 지켜주는 것 어떻습니까?"

여득구는 유신운에게 거의 빌듯이 말을 하고 있었다.

겁 없이 유신운에게 말을 거는 여득구를 흥미롭게 바라보던 다른 낭인들의 얼굴에 비웃음이 떠올랐다.

오로지 유신운만이 묘한 시선으로 소년을 바라보고 있던 찰나.

덜커컹!

빠르게 내달리던 마차가 제자리에 멈춰 섰다.

드디어 목적지에 도착한 것이었다.

"이곳부터는 걸어서 이동해야 한다! 마차의 낭인들은 모두 내려서 집합해라!"

그때 마차의 바깥에서 상당한 진기가 담긴 웅혼한 외침이 울려 퍼졌다.

그러자 조금이라도 혈랑대에게 좋은 인상을 남기기 위해 낭인들이 앞다투어 밖으로 나가기 시작했다.

"자고로 침묵은 곧 긍정이라 했으니, 받아들인 거로 알겠습니다. 열심히 형님을 지켜드릴 테니, 형님도 저를 지켜주어야 합니다? 아셨죠?"

그 와중에 여득구가 유신운에게 한 번 더 말을 꺼내며 밖으로 나가고 있었다.

'……저 정도로 정교한 역용술과 몸 자체를 바꾸는 축골공은 그곳밖에는 못 쓴다. 설마 날 심판하러 온 건가? 하지만 내 정체를 아는 것 같지는 않은데?'

여득구의 뒷모습을 보며 유신운은 복잡한 속내를 가면 속에 숨기고 있었다.

마차에서 내리자 거대한 동굴의 입구가 펼쳐져 있었다.

그리고 그 앞에 혈랑대 33명과 삼류 낭인 30명, 총 63인에 달하는 대인원이 서 있었다.

그러나 두 세력의 낭인들이 짓고 있는 표정은 완전히 달랐다.

긴장한 기색이 역력한 삼류 낭인들이 연신 목구멍으로 침을 삼키고 있는 것에 반해 혈랑대원들은 긴장하기는커녕 여유가 넘쳐흐르고 있었다.

처척.

그러던 그때 굳게 다문 고집스런 두툼한 입술에 위로 쭉 찢어진 부리부리한 눈을 지닌 사내가 앞으로 나섰다.

낙양 낭인시장에서 서열 15위이며, 혈랑대의 부대주 중 하나인 추혼삭(追魂索) 구광림(丘光林)이었다.

"이동하느라 고생들 했다. 눈앞의 이곳이 바로 우리의 목적지인 복마굴(蝠魔屈)이다."

"보, 복마굴?"

"히익, 우리가 들어간다는 곳이 이곳이었어?"

복마굴이란 이름을 들은 삼류 낭인들이 기겁한 반응을 보였다.

아무리 물어도 요괴 소굴에 대해 말을 꺼내지 않더니, 숨기는 이유가 있었다.

복마굴은 하남의 사람이라면 모두가 아는 끔찍한 요괴 소굴이었다.

지난 100여 년간 수많은 이름난 요괴 엽사들이 소탕을 하려 했지만, 모두 실패하고 전부 불귀의 객이 되고 말았으니까.

겁에 질린 삼류 낭인들의 웅성대는 소리가 점차 커지자.

"갈!"

구광림이 얼굴을 찌푸리며 포효를 내질렀다.

진기가 담긴 일갈에 사람들이 대번에 조용해졌다.

"겁쟁이처럼 난리들 치지 마라. 네놈들은 미리 말했듯 맡은 소임만 하면 된다. 싸움은 우리가 할 것이니까 알겠느냐?"

"……예, 예."

살기등등한 기세를 내뿜으며 말하는 구광림 탓에 삼류 낭인들이 잔뜩 얼어붙어 대답했다.

그 후 구광림은 빠르게 인원을 재편했다.

혈랑대의 세 간부가 각기 혈랑대원 10명과 삼류낭인 10명씩을 이끌었다.

낙양 낭인시장 6위이자 혈랑대를 이끄는 대주인 고루혈살(孤淚血殺) 가취흔(買取欣)이 이끄는 본대.

9위이자 부대주인 소면공자 상신학이 이끄는 이 대.

그리고 구광림이 이끄는 삼대였다.

유신운은 그중 구광림이 이끄는 삼 대로 편성되었다.

"헤헤, 형님! 정말 저희는 인연인가 봅니다. 이렇게 같은 대에서 만나게 되네요."

조용히 속삭이는 여득구도 그와 마찬가지인 삼 대였다.

그렇게 편성이 끝나자 혈랑대원들은 화섭자로 횃불에 불을 붙이고는 마굴 속으로 빠르게 진입하였다.

굴속으로 들어가자 삼 대로 편성한 이유를 알 수 있었다.

들어가자마자 복마굴이 세 갈래 길로 나누어져 있었던 것이다.

혈랑대의 세 간부가 각기 다른 길로 인원들을 이동시켰다.

그렇게 한참 마굴 속을 걸어가던 찰나.

"쿨럭!"

"우욱!"

삼류 낭인들이 하나둘씩 기침이나 헛구역질을 하기 시작했다.

마굴 속이 지독하게 음습했고, 코끝이 얼얼한 역한 냄새로 가득 차 있었기 때문이었다.

내공이 별 볼 일 없는 삼류 낭인들은 세상이 도는 것처럼 심한 어지러움을 느끼고 있었다.

하지만 그들은 잠시 쉬자는 소리를 하지 못했다.

"쓰러진 놈은 버리고 간다. 약해 빠진 놈의 뒤치다꺼리를 해 줄 여유 따위는 없다."

한 삼류 낭인이 바닥에 주저앉자, 구광림이 행한 냉담한 반응 때문이었다.

그에 고통과 공포를 꾹 참으며 그들이 더욱 깊숙이 진입해

가던 찰나였다.

키이익-!

취익-!

그들의 귓전에 소름 끼치는 울음소리가 울려 퍼졌다.

소리가 들려온 것은 다름 아닌 그들의 머리 위였다.

소음의 근원지를 향해 고개를 들어 올린 삼류 낭인들은 기겁한 반응을 쏟아 냈다.

"히익!"

"요, 요괴다!"

채챙!

채채챙!

혈랑대원들이 빠르게 각자의 무기를 출수하는 동시에 횃불을 높이 들었다.

어둠 속에서 수백의 흉험한 안광이 그들을 향해 빛을 뿜어내고 있었다.

'……박쥐와 거미라. 나쁘지 않군.'

유신운이 얼음장처럼 차가운 눈빛으로 상대를 확인했다.

복마굴의 요괴, 쌍두편복(雙頭蝙蝠)과 독혈지주(毒血蜘蛛)가 등장한 순간이었다.

쌍두편복은 이름처럼 머리가 2개 달린 박쥐였다.

게다가 일반적인 박쥐보다 두세 배는 큰 몸집과 톱날처럼 날카로운 이빨은 놈이 결코 평범한 박쥐가 아니라는 것을 말해 주고 있었다.

독혈지주들 또한 쌍두편복에 못지않은 악명을 지닌 요괴였다.

몸이 닿으면 살점이 떨어지지 않는 한 끊어지지 않는 끈끈한 거미줄에 매달린 놈들은 입에서 먹잇감을 녹이는 독액을 뚝뚝 떨어뜨리고 있었다.

쐐애액! 쐐액!

그때 바람이 찢어지는 파공성과 함께 수십 마리의 쌍두편복들이 동시에 낭인들을 향해 날아들었다.

"방진을 펼쳐라!"

구광림이 수하들에게 커다랗게 소리쳤다.

그의 말이 끝나기가 무섭게 혈랑대원들이 가운데에 삼류 낭인들을 채우고 원 모양의 방진을 구축하였다.

그에 하얗게 질려 있던 삼류 낭인들의 낯빛이 그나마 조금 밝아졌다.

싸움은 혈랑대가 한다는 말이 허언은 아닌 모양이었다.

"명심해라! 놈들에게 절대로 물리면 안 된다!"

쌍두편복의 이빨에는 순식간에 온몸이 굳어 버리는 맹독이 있기에, 구광림은 삼류 낭인들에게 커다랗게 소리 치며 신신당부를 하였다.

"하아앗!"

"꺼져라, 이 박쥐 놈들아!"

혈랑대원들이 검기가 일렁이는 각자의 검을 날아드는 쌍두편복들에게 쏟아 냈다.

촤아악! 서거걱!

그들이 검을 휘두를 때마다 어두운 동굴에서 섬광이 번쩍였다.

키에엑! 키에에!

다음 순간 끔찍한 소리와 함께 검기에 양단된 쌍두편복들의 사체가 비처럼 후두둑 땅바닥에 떨어져 내렸다.

혈랑대원들이 간부들처럼 상위권은 아니었지만, 그래도 낙양 낭인시장에서 100위권에 드는 실력자들이었기에 가능한 일이었다.

"오오!"

"우리가 이긴다!"

그 모습을 본 삼류 낭인들이 감탄을 터뜨리며 선망의 눈빛으로 혈랑대원들을 바라보았다.

하나 유신운은 차갑게 가라앉은 눈으로 그들을 냉철하게 판단했다.

'놈들의 공격 패턴을 모두가 정확히 숙달하고 있어. 이건 저놈들의 실력이 뛰어난 게 아니라 그냥 수없이 많이 놈들을 상대하면서 자연스레 쉽게 해치우는 요령을 파악한 것뿐이야.'

혈랑대원들의 실력은 언뜻 보면 화려하고 뛰어나 보였지

만 자세히 들여다보면 실속이 없었다.

'게다가 이게 요괴라니. 이건 그냥 잡몹일 뿐이야.'

만상비동에서 비유와 싸움을 벌였던 유신운은 진정한 요괴가 지닌 파괴력을 잘 알고 있었다.

단언컨대 쌍두편복과 독혈지주는 요괴가 아닌 요괴의 하수인 정도에 불과했다.

삼류 낭인들이 진정한 요괴와 맞닥뜨린 적이 없어 이렇게 헛바람을 들이켜고 있는 것이었다.

'흐음, 대부분이 절정 중급. 구광림인가 했던 저놈이 상급인가.'

유신운은 자기도 모르게 쯧 하고 혀를 찼다.

초절정과 화경의 스켈레톤까지 얻은 마당에 혈랑대원들의 경지는 그의 기준에 부족해도 너무 부족했다.

처처척! 처척!

취이익!

그러던 그때 천장에서 상황을 관망하던 독혈지주들이 줄을 타고 내려와 지면에 착지하였다.

파바밧! 파밧!

독혈지주들이 8개의 다리를 낭창낭창 바삐 흔들며 낭인들에게 달려들기 시작했다.

그러자 역시나 독혈지주의 공격 유형도 알고 있었는지, 혈랑대원들은 익숙한 움직임으로 방진을 독혈지주에 맞게 조정하여 싸우기 시작하였다.

그 모습을 보며 유신운이 가면 속에서 보이지 않게 자신의 입꼬리를 살짝 말아 올렸다.

'세상일이 그리 쉽게 풀리게만 해 줄 수 있나. 자, 그럼 슬슬 미리 머릿수를 줄여 놔 볼까.'

슈아아.

유신운은 아무도 눈치채지 못하게 은밀히 음의 마나를 몸속에서 끌어 올렸다.

그리고 한 칭호의 힘을 사용했다.

[칭호, '박쥐 군주'의 장착 효과 '종족 지배'가 발휘됩니다.]
[자신보다 레벨이 현저히 낮은 모든 박쥐류 몬스터를 조작합니다.]

그의 눈앞에 시스템 메시지가 떠오름과 동시에 쌍두편복들의 안광이 완전히 뒤바뀌었다.

계속된 동족의 피해에 전투 의지를 상실했던 쌍두편복의 눈빛에서 별안간 진득한 살기가 배어 나오기 시작한 것이다.

놀랍게도 모든 쌍두편복의 정신이 유신운과 하나로 연결되어 있었다.

자신의 시도가 성공한 것을 보며 유신운이 만족한 미소를 지었다.

'역시나 몬스터 취급을 받는군. 이거 잘하면 칭호들로 생각지도 못한 꿀을 빨 수도 있겠는데?'

미스트 도플갱어와 사일런스 웨이브의 잦은 사용 덕택에 박쥐 군주 칭호의 등급이 상승하였고, 그로 인해 새로이 얻은 장착 효과인 '종족 지배'를 사용한 것이었다.

종족 지배는 자신보다 레벨이 낮은 모든 박쥐류 몬스터를 조작할 수 있는 효과였다.

그 순간 유신운이 쌍두편복들에게 명령을 하달했다.

'나의 종들이여, 적들을 죽여라.'

쐐애액! 쐐액!

유신운의 명령이 떨어지자마자 쌍두편복들이 일제히 칼날같은 날개를 활짝 펼치고 혈랑대원들에게 다시금 날아들기 시작했다.

신나게 독혈지주들의 머리통을 터뜨리고 있던 혈랑대원들은 전광석화처럼 쏟아진 예상 외의 공격에 당황을 금치 못했다.

"뭐, 뭣!"

"……!"

그들을 급하게 검을 들어 쌍두편복의 공격을 막아 내려 했지만.

서걱! 서거걱!

그보다 먼저 유신운이 조종하는 쌍두편복이 순식간에 혈

랑대원 2명의 목을 몸통과 분리시켰다.

"쌍두편복이 날뛴다! 모두 집중해!"

동료의 죽음을 목격한 혈랑대원들이 커다랗게 소리쳤다.

갑작스러운 참사에 구광림 또한 당황하여 두 눈만 끔뻑였다.

'뭐야, 이건? 지금까지 이런 공격은 한 번도 없었는데?'

그는 머릿속에서 의문이 계속해서 차올랐지만.

"끄르륵!"

또 한 명의 혈랑대원이 입에서 핏물을 쏟아 내며 고꾸라지자, 그는 일단 빠른 결단을 내릴 수밖에 없었다.

"젠장! 혈랑대원들은 '목표 수'에 맞는 놈들만 챙겨서 빠져나간다!"

파바밧!

"으헉!"

"엇?"

그의 의미를 알 수 없는 말에 혈랑대원들 중 5명이 재빨리 몸을 날려 삼류 낭인들을 낚아채듯 겨드랑이에 끼우곤 앞으로 뛰어나갔다.

그러자 구광림을 포함한 남은 3명의 혈랑대원들이 그들의 뒤를 쫓아 사라졌다.

"우, 우리는 어쩌라는 거요!"

"나도 데려가 줘!"

"개자식들아!"

뒤늦게 사태를 파악한 남겨진 낭인들이 소리를 내질렀다.

하지만 그들의 절규에 대한 대답은 들려오지 않았다.

극한까지 신법을 발휘한 혈랑대원들은 벌써 보이지 않을 만큼 멀리 이동하여 있었기 때문이었다.

유신운이 절망에 사로잡힌 그들을 무심히 지켜보던 그때, 어느새 곁에 여득구가 다가와 있었다.

"혀, 형님, 조심하세요!"

그는 부들부들 떨리는 손으로 자신의 키만큼이나 자그마한 칼을 들고 유신운의 등 뒤를 지키기 시작했다.

'……속내는 모르겠지만.'

그 모습을 보며 유신운이 깊은 한숨을 내쉬었다.

스르릉!

여태껏 도를 출수하지 않고 있던 유신운이 자신의 칼을 꺼내 들었다.

도파를 비롯한 도신까지 칼의 모든 부위가 칠흑처럼 어두웠다.

다만 칼날에 타오르는 불꽃의 문양이 물결처럼 새겨져 있었다.

그의 손에 들린 칼은 다름 아닌 새롭게 얻은 보패 중 하나인 흑마염태도(黑魔炎太刀)였다.

촤아아! 스아아!

순간 유신운의 도에서 붉은 검기가 피어올랐다.

본래 보패는 자연력만을 받아들이고, 다른 기운은 거부하 건만.

놀랍게도 흑마염태도는 일반적인 무기로의 사용이 가능했 던 것이다.

'이놈은 아귀 같군. 그냥 기운이라면 모든 것을 전부 다 먹 어 치우고 싶어 해.'

파바밧!

찰나의 순간 유신운이 독혈지주가 모여 있는 곳으로 돌진 했다.

치이익! 키에에!

그러자 불빛을 보고 달려드는 부나방처럼 모든 독혈지주 들이 유신운에게 달려들었다.

뒤에서 여득구가 지켜보고 있었기에 뇌운십이검을 사용할 수는 없었다. 그렇기에 유신운은 획득한 다른 무공을 사용하 기로 했다.

촤아아! 서거거!

흑마염태도가 허공에서 호쾌한 궤적으로 움직였다. 춤을 추듯 움직이는 칼은 이내 붉은 달의 형상을 그리기 시작하 였다.

콰아아! 콰가가!

그리고 적월이 문양을 드러낸 순간, 궤적이 스친 독혈지주들이 작은 형체도 남기지 않고 박살이 나 버렸다.

칼에 베인 것이 아닌 둔기에 얻어맞은 것 같은 무지막지한 패도였다.

놀랍게도 유신운이 사용하고 있는 것은 청수도장을 해치우는 나월검선 명경의 퀘스트를 해결하고 답례로 얻은 나월검법이었다.

하지만 나월검선이 펼쳤던 나월검법과는 전혀 달랐는데, 이는 유신운이 여득구의 눈을 속이기 위해 적당히 뇌운십이 검의 초식과 아무렇게나 섞어 사용하고 있었기 때문이었다.

생각 없이 맘대로 섞어 버린 탓에 조잡하고 둔탁해질 것이라 예상했건만.

서거거!

키에에! 쿠에엑!

적들이 별다른 저항도 못 하고 터져 나가는 것을 보며, 유신운은 자신의 칼을 슬며시 내려다보았다.

'역시 템빨이 최고긴 하네.'

적들의 피와 기운을 빨아들이며 흑마염태도가 광포한 웃음을 터뜨리고 있었다.

한편 절반의 삼류 낭인들을 버리고 안쪽으로 이동한 구광림과 혈랑대원들은 드넓은 공동에 도착해 있었다.

어찌나 빠르게 내달렸던지 절정 고수인 혈랑대원들도 기진맥진해 있었다.

그들이 숨을 돌리는 찰나, 짐짝처럼 들려온 삼류 낭인들은 그나마 체력이 남아 있었기에 공동 안을 둘러보기 시작했다.

'뭐야, 여기는?'

'같은 마굴 속이 맞나?'

그들의 표정에 의문이 떠올랐다.

공동은 눈이 부실만큼 밝았다.

벽의 곳곳에 박힌 생전 처음 보는 보석들이 환한 빛을 발하고 있었기 때문이었다.

그에 전경이 드러난 공동 안의 모습은 마치.

"신당 같지?"

입을 연 것은 구광림이었다.

그의 말처럼 공동은 신당과 같았다. 공동의 중심에 제단이 떡하니 차려져 있었던 것이다.

'저건……'

제단에 묻은 핏자국을 본 삼류 낭인들의 가슴 한편에 왠지 모를 불안감이 피어올랐다.

그때 숨을 고른 혈랑대원들이 하나둘 다시금 몸을 일으키고 있었다.

흉흉한 눈빛으로 자신을 바라보는 그들에게 한 삼류 낭인이 기어 들어가는 듯한 목소리로 말을 꺼냈다.

"……아까 전에 목표 수에 맞는 이들을 챙기라 하던데. 대체 무슨 말이오, 그게?"

낭인의 말에 구광림이 입꼬리를 말아 올렸다.

그리고 다음 순간.

"무슨 말이긴."

서걱, 툭.

소름 끼치는 절삭음이 울려 퍼졌다.

"이런 말이지."

말을 꺼냈던 낭인의 목이 데구루루 굴러 땅바닥에 떨어졌다. 두 눈이 충격에 동그랗게 떠진 채였다.

그리고 낭인의 피가 흘러 제단에 닿은 순간, 벽에 박혀 있던 어두운 보석 하나가 다른 것들처럼 환하게 빛을 발하기 시작했다.

"끄아아!"

"이, 이게 무슨 짓이오!"

"미친 겁니까!"

생각지도 않은 끔찍한 상황에 낭인들이 기겁한 반응을 내보였다.

저벅저벅.

자신들을 향해 칼을 빼 들고 서서히 다가오는 혈랑대원들을 보며 그들이 비명을 토해 내듯 소리쳤다.

"이런 일을 저지르고도 그냥 넘어갈 것 같소!"

"낙양의 낭인시장이 가만히 잇지 않을 것이다!"

"끌끌, 너희들 모두 제 발로 자원하였거늘. 작은 증거도 없는 그들이 가만히 있지 않으면 어찌하겠느냐. 요괴 소굴에서 비명횡사한 낭인들의 수가 얼마나 많은데 말이야."

지금까지 이들의 행보를 낭인시장이 밝히지 못한 이유가 거기에 있는 것이다.

"하늘이 무섭지 않느냐, 이놈들!"

모든 것을 자포자기한 낭인에게 칼을 높이 들며 구광림이 말했다.

"그 하늘을 무서워하지 않을 힘을 얻기 위해 이러는 것이다."

한 줄기의 바람이 동굴 속에 휘몰아치고 있었다.

그 정체는 다름 아닌 비뢰신을 극상으로 전개한 유신운이었다.

쌍두편복과 독혈지주 들을 모두 처치한 유신운은 곧장 구광림을 쫓아 복마굴의 심처로 질주하고 있었다.

하나 그의 곁에서 다른 생존자들의 모습은 보이지 않았다.

-여기부터는 나 혼자 간다. 너희들은 낭인시장으로 돌아가라.

-예, 예! 가, 감사합니다.

전투가 끝난 후, 유신운이 모두 동굴 밖으로 돌려보냈기 때문이었다.

말이 끝나자마자 줄행랑을 친 다른 낭인들과 달리 여득구는 끝까지 남겠다고 했지만.

-형님, 정말 괜찮으시겠어요?

유신운은 한마디 말과 함께 거절했다.

-그럴 필요 없다. 얼굴을 가린 녀석을 신뢰할 순 없는 법이지.

유신운의 말이 끝나자, 여득구는 알 수 없는 표정을 보이고는 이내 발걸음을 돌려 동굴 밖으로 사라졌다.

"끄아아!"
'저기군!'
그러던 그때 누군가의 끔찍한 비명이 그의 귓전에 울려 퍼졌다.

시야의 끝에 빛이 새어 나오는 곳이 보였다.

콰가!

유신운이 진각을 박차자 지면이 움푹 파이며 커다란 폭음이 터져 나왔다. 그리고 이내 그의 신형이 공간을 접은 듯 저 멀리로 튀어 나갔다.

다음 순간 그는 어느새 공동 안에 도착하여 있었다.

'이런, 조금 늦었군.'

넓은 공동 안에는 이미 피비린내가 가득했다.

혈랑대가 데려갔던 5명의 낭인들은 이미 죽음을 맞이한 상태였다. 머리를 잃은 몸뚱이 5구가 제단에 축 늘어져 있는 끔찍한 광경이 펼쳐져 있었다.

유신운이 눈살을 찌푸리던 찰나.

"뭐, 뭐야?"

"어라? 저놈이 왜 여기에?"

뒤늦게 자신들의 앞에 유신운이 등장했다는 사실을 알아차린 혈랑대원들이 모두 당황한 기색을 숨기지 못했다.

무인이 거리를 내어준 것은 곧 목숨을 내어준 것과 다름없었다.

절정의 경지인 자신들이 적의 침투 여부조차 알아차리지 못하다니.

혈랑대원들이 어찌할 바를 모르고 혼란스러워하던 그때.

"다행이야. 살아 있었군!"

상황을 확인한 구광림이 대뜸 유신운에게 말을 건넸다.

그의 표정에 미안함이 가득 담겨 있었다.

"미안하네. 갑자기 쌍두편복들이 단체로 광기를 일으킬 줄이야……. 아무도 예측을 못 했지, 뭔가."

구광림은 서 있던 곳에서 한 발짝씩 걸어오며 말을 이어 나갔다.

"갑작스러운 위기 상황에서 판단을 내리니 모두를 구할 수 없다는 결론이 나왔네."

유신운에게까지 십 보.

"그래서 어쩔 도리 없이 가까이에 있는, 살릴 수 있는 이들만 챙길 수밖에 없었네."

팔 보.

"결코 그대들을 버린 것이 아니라네. 믿어 주게나."

육 보.

"아아, 그리고 이 광경을 보고 오해는 말게. 이곳에 오니 쌍두편복보다 더욱 끔찍한 요괴가 있었어."

사 보.

"저들을 지켜주고자 했지만 찰나의 순간, 요괴가 저들을 해치우고 사라져 버렸다네. 한데……."

삼 보.

"……살아남은 것은 자네뿐인가?"

구광림이 자신의 삼 보 거리까지 도달하자, 유신운이 얼음 장처럼 차갑게 식은 목소리로 말을 꺼냈다.

"……어쭙잖은 연기는 집어치우시지. 네놈들의 칼에 밴 피 냄새가 진동을 하고 있으니까."

파바밧! 채챙!

유신운의 말이 끝나자마자 구광림이 유신운에게 벼락처럼 몸을 날렸다. 어느새 그의 손에는 날이 시퍼런 검이 쥐여 있었다.

쐐애액! 촤아악!

검사가 일렁이는 구광림의 검이 허공에 호를 그리며 유신운의 목덜미를 노렸다.

단숨에 목을 날려 버릴 기세였지만.

스윽.

유신운은 그저 가볍게 한 걸음 뒤로 물러나는 것으로 적의 공격을 손쉽게 무효화했다.

애먼 허공만 베어 버린 구광림은 이내 자세를 다시 갖춘 후 유신운을 노려보았다.

"흥, 한 수를 숨기고 있었나."

미안함이 가득했던 그의 표정은 온데간데없고, 피에 굶주린 짐승의 눈빛만이 떠올라 있었다.

"전원 공격 태세를 갖춰라!"

채챙! 스르릉!

구광림의 외침과 함께 일곱의 혈랑대원들이 모두 각자의
무기를 빼 들었다.

양을 노리는 늑대 무리처럼 그들은 유신운을 둥글게 에워
싸며 포위하였다.

"나머지 놈들은 모두 죽었나?"

"그럴 리가. 모두 낭인시장에 보내 놨지."

유신운의 말에 구광림과 혈랑대원들의 얼굴이 싸늘히 식
었다. 그들이 낭인시장에서 쓸데없는 소리라도 지껄인다면,
일이 복잡해질 염려가 있었기 때문이었다.

"칫! 얼른 네놈을 죽이고, 그놈들도 죽이러 가야겠군. 뭐,
아무튼 제 발로 사지로 들어오다니 고마울 따름이다."

처척!

구광림이 고갯짓을 하자 혈랑대원들이 각자의 무기에 기
를 불어넣었다.

그리고 그런 일촉즉발의 상황에서.

"지금으로부터 3년 후, 호북에 3명의 마인이 나타난다."

유신운이 알 수 없는 이야기를 내뱉기 시작했다.

"후후, 두려움에 정신이 나간 것이냐? 갑자기 웬 은둔고수
행세더……."

"두려움에 떨던 강호가 그들에게 붙여 준 별호는 광라삼귀
(曠羅三鬼)다."

"……!"

그때 유신운의 입에서 '광라'라는 단어가 나오자 구광림이 흠칫 놀랐다.

혈랑대원들도 깜짝 놀라 서로를 힐끔힐끔 바라보았다.

"그들의 고강한 무공과 혼란한 정세 때문에 어느 누구도 쉽사리 그들의 살행을 멈추지 못했다. 그들은 악행을 이어 가다가 결국 혈교에 투신하지. 그리고 수많은 양민들과 무림 인들이 목숨을 잃게 된다."

침묵이 내려앉은 찰나, 유신운이 말을 이어 갔다.

"훗날 그들의 목이 검성에게 목이 잘리고 나서야, 사람들은 그들이 보잘것없던 낭인 시절에 마공을 얻는 기연을 얻어 그렇게 됐다는 사실을 알게 되지."

스아아아.

순간 공동에 흉험하기 그지없는 기운이 가득 차기 시작했다.

구광림의 전신에서 지독한 마기가 타오르고 있었다.

"……네놈 어디서 무엇을 듣고 온 것이냐!"

구광림이 포효를 쏟아 냈다.

그가 이렇게 거친 분노를 쏟아 내는 이유는 간단했다.

'저놈이 어떻게 우리의 비밀을 알고 있단 말인가.'

유신운이 절대로 알아서는 안 되는 비밀을 알고 있었기 때문이었다.

3달 전.

요괴 퇴치를 위해 복마굴에 진입한 그들은 우연히 동굴에 숨겨 있던 글귀와 마공서를 발견하였다.

글귀와 마공서를 남긴 장본인은 다름 아닌 200년 전, 무림을 피로 씻었던 일대마인, 흡정마군(吸精魔君) 혁무독(赫武督)이었다.

흡정마군은 광라흡원진공(曠羅吸元眞功)의 상권과 함께 100명의 제물을 바치면 후인에게 숨겨 놓은 나머지 하권과 재물을 넘겨주겠다는 말을 남겼다.

혈랑대의 간부 3인은 고민도 없이 광라흡원진공을 익혔고, 흡정마군의 재물을 나누어 준다는 말에 혈랑대원들 또한 넘어갔다.

그 후 그들은 그렇게 아무것도 모르는 삼류 낭인들을 꼬드겨 제물로 바치기 시작한 것이다.

"죽여라!"

그때 유신운에게 혈랑대원들과 구광림이 달려들었다.

세 사람의 간부 중 광라흡원진공의 성취가 가장 낮은 구광림이지만, 그래도 초절정의 경지에 준하는 엄청난 기운이 그의 전신에서 끓어 넘치고 있었다.

그 엄청난 기도를 확인한 혈랑대원들은 기세등등할 수밖에 없었다.

하지만.

유신운은 가소로울 따름이었다.

'송사리들은 빠르게 해치운다.'

그와아아! 콰아아!

유신운의 전신에서 구광림과 비교할 수조차 없는 가공할 기운이 폭사되기 시작했다.

구광림의 것이 잔잔한 물줄기라면, 유신운의 것은 해일과 같았다.

이제 보는 사람이 없으니 마음껏 자신의 힘을 발휘할 수 있었던 것이다.

'저, 저게 무슨!'

'말도 안 돼!'

달리던 걸음을 멈추지도 못하고 혈랑대원들이 기겁하던 찰나.

타다닷!

유신운의 신형이 잔상을 만들더니, 이내 뽑아 든 흑마염태도가 적들을 향해 시뻘건 뇌기를 뿜어내기 시작했다.

유신운은 엉망진창으로 사용했던 나월검법을 제대로 뇌운 십이검의 초식과 융합시켜 시전하였다.

뇌운십이검 + 나월검법.

융합기.

나월융파(拿月隆波).

좌라라라! 콰가가가!

번쩍하며 뿜어진 뇌기를 품은 달빛이 동굴에 박힌 수많은 보석들에 반사되었다.

어둑했던 동굴 안에서 순간 눈이 멀 것 같은 환한 빛줄기가 터져 나왔다.

신묘하게까지 보이는 찬란한 빛줄기였지만, 그것이 남긴 결과는 참혹하기 그지없었다.

유신운이 쏘아 낸 단 한 번의 참격은 그에게 달려들었던 혈랑대원들을 난도질하였다.

툭. 투두둑.

허공에서 갈기갈기 찢긴 혈랑대원들의 시체가 우박처럼 지면에 떨어져 내렸다.

꿈에 나올까 끔찍한 광경이었으나 유신운의 얼굴에는 조금의 감정도 떠올라 있지 않았다.

수없이 많은 죄 없는 낭인들을 제물로 바친 그들에게 연민 따위는 추호도 없었던 것이다.

"끄으으! 쿨럭!"

유일한 생존자는 구광림이었다.

하나 그조차 몸 상태가 정상이 아니었다.

충격파에 휩쓸려 한쪽 벽에 처박힌 그는 벽에 붙어 있던 보석이 흉부를 꿰뚫고 튀어나와 있었다.

"마……도 안…… 돼."

그는 자신이 단 한 수에 이런 꼴이 되어 버린 것을 이해하지 못했다.

유신운은 마지막 숨통을 끊어 놓기 위해 그에게 다가갔다.

'괴, 괴물.'

하얗게 질린 얼굴로 유신운을 바라보던 그는 유신운이 당도하기도 전에 극한의 공포로 심장이 멈춰 버렸다.

적의 심장 박동이 사라진 것을 확인한 유신운은 할 일을 마친 후, 제단 뒤에 열린 작은 통로로 발걸음을 옮기기 시작했다.

유신운이 통로로 들어가고 꽤 시간이 흐른 후.

입구의 어둠 속에서 작은 형상이 모습을 드러내었다.

"후우! 난리구먼, 난리야."

피와 시체로 범벅이 된 공동을 보며 혀를 내두르는 그는 낭인시장으로 돌아간 줄 알았던 여득구였다.

유신운의 기감을 속이려 먼 곳에 떨어져 기다리다가, 안쪽에서 다수의 기의 흔적이 한꺼번에 사라지자 뒤늦게 진입한 것이었다.

"이건 살인이라기보다 예술에 가깝군. 아쉬워, 눈으로 직접 봤으면 좋았을 텐데……."

여득구는 난장판이 된 주변을 훑어보더니 입맛을 다시며 그렇게 말했다.

쌍두편복을 보고 덜덜 떨던 그는 시체들을 마치 뛰어난 서화를 바라보듯 감상하고 있었다.

'……조금만 틈을 줬다면 그자의 살인을 눈과 귀로 즐길 수 있었을 것을.'

사뿐사뿐 걸어가던 여득구는 이내 숨을 멈춘 구광림의 시체 앞에 멈춰 섰다.

그러곤 자신보다 배는 큰 덩치를 지니고 있는 구광림을 한 손으로 가볍게 벽에서 꺼내어 들며 혼잣말을 했다.

"손 하나 대지 않고 목표물을 해치웠으니, 이 이상 가는 꿀 같은 살행은 없지만……."

그의 시선이 땅바닥으로 향했다. 거기에는 칼로 적은 듯한 글귀가 적혀 있었다.

―죽고 싶지 않다면, 더 이상 쫓지 마라.

누가 보아도 자신에게 전하는 유신운의 전언이었다.

순간 여득구가 커다랗게 웃음을 터뜨렸다.

"하하, 이쯤에서 이만 꺼지라는 건가. 혹시나 했는데 완벽히 들켜 버렸군."

한바탕의 폭소가 끝이 나자 그의 얼굴이 차갑게 식었다.

"……이거이거 영 '문'의 면이 살지 않는구먼."

그리고 다음 순간.

우두드득. 두두둑.

뼈와 살이 뒤틀리는 소리가 난 후, 여득구는 완전히 다른 미청년의 모습으로 뒤바뀌어 있었다.

"……지켜보도록 하겠어, 무명."

6장

혈랑대의 세 간부가 각기 들어간 세 갈림길의 끝은 또 하나의 공동으로 이어졌다.

중앙에는 가부좌를 튼 채 죽음을 맞이한 흡정마군의 백골이 놓여 있었고, 그 주변으로 생전에 행한 악행의 결과물로 모은 온갖 재물들이 산더미처럼 쌓여 있었다.

그리고 그 공동에 고루혈살 가취흔을 필두로 소면공자 상신학과 20명의 혈랑대원들이 자리하고 있었다.

그들 모두 구광림처럼 데리고 들어간 낭인들을 모두 제물로 바치고, 이 비밀 공간으로 들어온 것이었다.

3달 동안 공들인 보상을 얻은 시점이었지만, 가취흔의 미간은 잔뜩 찌푸려져 있었다.

"쯧, 기다리다 지치겠군. 이놈이 왜 이리 늦는 거지."

평소에도 참을성이 전혀 없는 가취흔은 아직도 모습을 드러내지 않고 있는 구광림 때문에 짜증이 잔뜩 나 있었다.

괜히 불똥이 자신에게 튈까 다른 혈랑대원들이 모두 조용히 입을 다물고 있던 찰나, 상신학이 익숙한 모습으로 가취흔을 달랬다.

"이곳을 들어오기 위해선 세 개의 제단에 제물이 모두 바쳐져야 합니다. 별다른 일이 생긴 것은 아닐 터이니, 대형께서는 너무 괘념치 마시지요."

평소라면 그의 말에 마음이 풀어질 테지만 가취흔은 왠지 모를 불안감을 느끼고 있었다.

온갖 전장을 구른 낭인의 감이 잔뜩 날이 서 있었다.

"……그 뼈 가면 녀석 때문에 영 찜찜하다는 말이지."

이상하게도 가취흔은 그 괴이한 행색을 하고 있던 놈이 계속해서 신경이 쓰였다.

그 사실을 눈치챈 상신학이 말을 이었다.

"모자란 실력을 숨기려고 가면까지 쓰는 촌극이나 벌이는 놈입니다. 그따위 놈에게 조금도 신경 쓰실 필요가 없습니다."

상신학이 그렇게까지 말을 하자, 가취흔의 날카로웠던 심경이 이내 안정되었다.

"끌끌, 그래. 뭐, 막내가 이대로 오지 않으면 우리 몫의 재물이 늘어날 테니, 그것도 나름대로 좋다고 할 수 있겠군."

"하하, 그것도 그렇군요. 말씀처럼 오지 않으면 제 손해지요. 저희는 벌써 이것을 얻었지 않습니까."

그리 말하는 상신학의 손에 광라흡원진공의 후반부 비급이 쥐어 있었다.

"전반부만으로 저희 셋은 단숨에 초절정의 경지에 올랐습니다. 근골과 재주가 부족한 막내와 저는 무위의 상승이 더디나, 단언컨대 형님은 화경의 영역까지 엿보실 수 있을 겁니다."

"후후, 화경이라."

이어지는 소면공자의 달콤한 말에 가취흔의 눈이 탐욕의 빛으로 물들기 시작했다.

초인의 영역인 화경.

거기에 이른다면 강호의 어느 누구도 자신을 낭인이라고 감히 무시할 수 없으리라.

'더러운 정파의 위선자 놈들. 기다려라, 곧 세상을 피로 물들여 줄 테니.'

가취흔이 살심을 피어 올리던 그때, 상신학이 조심스럽게 그에게 다가가 귓가에 자그맣게 한마디 말을 속삭였다.

"음음, 이리 하릴없이 기다리는 것이 지쳐서 드리는 말이온데. ……막내가 오기 전에 미리 할 일을 마쳐 두는 것이 어떨지요."

상신학이 말하는 할 일이란 다름 아닌, 재물을 분배해 주기로 했던 혈랑대원들을 처리하는 것이었다.

'이놈들에게 내 재물을 나눠 줄 수는 없지.'

애당초 재물을 나누어 줄 생각 같은 건 전혀 없었다.

게다가 혹여 다른 이들에게 자신들이 마공을 배웠다는 사실이 퍼질 위험이 있었기 때문에, 후반부를 얻는 즉시 토사구팽 하기로 결정한 상태였다.

스아아.

두 사람이 일거에 혈랑대원들을 쓸어버리기 위해 은밀히 기운을 끌어올리던 그때였다.

"으으, 끄으!"

"흐극! 흐으극!"

갑자기 공동 안에 기괴한 소리가 울려 퍼지기 시작했다.

"뭐, 뭐야?"

"이게 무슨?"

소리의 출처를 확인한 두 사람이 당황한 반응을 쏟아 냈다.

느닷없이 몇몇 혈랑대원들이 괴질에 걸린 것처럼 발작을 일으키고 있었다.

흰자위만 남은 동공으로 그들은 입에 게거품을 물고 몸을 부들부들 떨었다.

그리고 역병처럼 주위로 번지기 시작하자 아직 이상 현상이 발현되지 않은 이들이 몇 걸음 뒤로 물러섰다.

하지만 어느새 벌써 절반의 혈랑대원들이 가쁜 신음을 토해 내고 있었다.

'저건!'

그러던 그때 상황을 면밀히 살피던 상신학이 마침내 원인을 발견해 내었다.

"땅이 오염되었다! 모두 최대한 입구 쪽에서 벗어나라!"

파바밧! 파밧!

그의 말이 끝나자마자 가취흔을 비롯한 아직 중독되지 않은 나머지 인원이 모두 입구와 반대되는 벽 끝으로 몸을 날렸다

그렇게 멀리 떨어진 상태에서 지면을 살펴보자, 상태가 확연히 드러났다.

'정말이잖아.'

철에 녹이 슨 것처럼 지면이 괴이한 빛으로 물들어 있었다.

"어떤 놈이 감히 이따위 장난을 치는 것이냐!"

가취흔의 노호성이 터지고 난 후.

어둠에 가려져 있던 입구 쪽에서 누군가가 짝짝 박수를 치며 모습을 드러냈다.

"이야, 떴는지도 모를 실눈 녀석이 눈썰미 하나는 제법인데?"

"······!"

전혀 예상치 않았던 유신운의 등장에 모두의 눈이 커다랗게 떠졌다.

갑작스레 혈랑대원들이 폐인의 꼴이 된 것은 유신운이 새롭게 얻은 스킬, '악몽의 영역'을 사용한 결과였다.

악몽의 영역은 광범위하게 펼쳐진 영역에 발을 디디고 있는 모든 적의 정신을 일시에 붕괴시키는 정신계 상위 스킬이었다.

곧이어 가취흔은 이 모든 사태가 유신운의 소행이라는 것을 알아차렸다.

"네놈, 아우를 어떻게 한 것이냐!"

"뭘 물어. 네 예상대로지."

가취흔의 말에 유신운이 당연한 걸 묻는다는 식으로 대답한 후, 검지로 하늘을 가리켰다.

"너희들이 곧 갈 곳에 미리 보내 줬다고."

광라흡원진공을 배운 구광림이 죽었다니.

남은 혈랑대 전원이 당혹감을 숨기지 못하던 찰나.

"호오, 그럼 저 백골이 흡정마군이겠군."

유신운은 그들은 전혀 신경을 쓰지 않고, 흡정마군의 백골만을 연신 바라보고 있었다.

순간 상황을 조용히 관망하던 상신학이 무언가를 알아차렸는지 닫혀 있던 입을 열었다.

"……수하들의 상태를 보아하니, 네놈은 술사였나 보구

나. 아우를 처치한 것을 보면 가진 재주가 제법이긴 한 것 같다만!"

스아아아!

상신학이 광라흡원진공의 진기를 끌어올렸다. 구광림에게서 보았던 것보다 훨씬 거대한 기운이 그의 전신에서 일렁이기 시작했다.

"그곳에서 멍청히 지켜만 보고 있는 것을 보니, 네놈조차이 독기에 물든 땅을 밟지 못하는 것이리라! 멍청한 놈! 한낱술사 따위가 우리를 이길 수 있으리라 생각했더냐!"

상신학의 말을 통해 유신운의 정체가 한낱 술사에 불과하다는 사실을 알아차린 혈랑대원들 또한 짙은 살기를 뿜어내기 시작했다.

하나 유신운은 어디서 개가 짖나 하는 표정으로 그들을 바라보다가 고개를 절레절레 가로저었다.

유신운이 눈앞에 오른손을 펼쳤다가.

"그랩 하트."

이내 주먹을 움켜쥐었다.

푸아앗! 푸악!

그가 스킬을 시전한 순간, 악몽의 영역에서 고통을 받고 있던 10명의 혈랑대원들이 동시에 칠공에서 피를 뿜어내었다.

작은 저항조차 못 하고 그렇게 그들 모두 처참한 죽음을맞이했다.

생전 처음 목도하는 끔찍한 광경에 가취흔은 머리가 멍해질 지경이었지만, 상황을 반전시키기 위해 이를 악물었다.

"바닥을 밟지 말고 뛰거나 벽을 달려 처치하면 된다! 죽엿!"

파바밧! 파밧!

가취흔과 상신학, 그리고 생존한 10명의 혈랑대원들이 유신운에게 전광석화처럼 달려들었다.

그 모습을 보며 유신운이 비릿한 미소를 지어 보였다.

스아아아! 촤아아!

순간 바닥에 허물어진 혈랑대원들의 시체들이 별안간 붉은빛을 내뿜었다. 이어 쏟아지던 빛줄기는 하나의 소환진을 이루기 시작했다.

그리고 그 속에서.

'저, 저건!'

'마, 말도 안 돼!'

10구의 시체를 제물로 바쳐야만 소환이 가능한 새로운 소환수가 모습을 드러내고 있었다.

전신에 칠흑의 갑옷을 두른 기사는 자신의 몸만큼이나 거대한 검을 들고 서 있었다.

다른 한쪽 손에는 자신의 머리가 담긴 투구가 들려 있었다.

참수기사(斬首騎士) 듀라한의 등장에 짐승처럼 달려들던 혈랑대원과 상신학, 가취흔의 움직임이 잠깐 멈췄다.

그 순간 듀라한의 투구 속에서 서리를 연상케 하는 안광이 적들에게 쏟아졌다.

그리고.

파밧!

듀라한의 신형이 상신학의 시야에서 사라졌다.

'어, 어디에?'

그가 재빨리 적의 위치를 찾아내려 애썼지만.

푸욱!

"크억!"

그보다 먼저 듀라한의 대검이 혈랑대원 한 명의 몸통을 꼬치처럼 꿰어 버렸다.

'마, 막아야 해!'

그는 재빨리 적에게 달려들려 했지만.

서거걱!

대검에 사람을 꽂은 채 그대로 두 번째 혈랑대원을 반으로 갈라 버리는 듀라한의 동작이 더 빨랐다.

자신보다 배는 큰 것 같은 저 거대한 체구로 저런 빠르기라니.

상신학의 낯빛이 하얗게 질리고 있었다.

듀라한이 지옥도를 펼치는 것을 보며 유신운은 만족한 반응을 보였다.

'무인들을 제물로 바친 것이 추가 효과를 발휘한 건가. 이전 생과는 비교가 안 되게 강력하군.'

10명의 제물이 지닌 강함에 따라 파괴력이 증대되는 특성을 가진 듀라한은 지금 거의 신장과 같은 강대한 무력을 쏟아 내고 있었다.

"사, 살려! 크억!"

그러던 그때 마지막으로 남은 혈랑대원의 목이 지면에 굴러떨어졌다.

전황이 완전히 불리해진 것을 알아차린 가취흔은 방법이 하나밖에 없음을 깨달았다.

"상신학! 놈의 기운을 흡수해라!"

파밧!

가취흔의 명령이 떨어지자마자, 상신학이 듀라한에게로 달려들었다. 검을 던져 버린 그는 듀라한의 몸에 양장을 뻗었다.

'네놈의 힘 잘 받아 가마!'

강철 갑옷에 손이 닿은 순간, 그는 광라흡원진공을 전력으로 발휘하였다.

광라흡원진공은 타인의 기를 빨아들여 자신이 사용하는 흡성대법류 무공의 정화라 할 수 있었다.

손이 직접 닿는 것만으로 상대의 기운을 모조리 빨아들일 수 있었다.

이 공격을 막는 방법은 오로지 닿기 전에 피하는 수밖에 없었다.

접촉한 순간, 적은 끝난 것이다.

……하지만.

'아, 아무것도 없어?'

상신학은 당황할 수밖에 없었다.

아무리 빨아들이려고 해도 상대의 몸속에는 티끌만 한 기운조차 없었기 때문이었다.

그럴 수밖에 없었다.

듀라한은 꽤나 독특한 특성을 지닌 소환수였다. 어떠한 음의 마나도, 기운도 지니고 있지 않았다.

오로지.

보유한 스텟이 미치도록 높을 뿐이었다.

그때 듀라한의 눈빛이 자신의 몸에 양손을 대고 있는 상신학의 눈빛과 마주쳤다.

'아, 안 돼!'

쐐애애액! 서거걱!

그가 비명을 내지르기도 전에 분노한 듀라한의 대검이 상신학의 몸을 두 동강 내 버렸다.

그로써 이제 공동에는 가취흔만이 홀로 남았다. 그는 광라흡원진공이 통하지 않는 것을 보며 절망했다.

'술사, 술사만 잡으면 돼!'

파바밧!

하지만 어떻게든 그 와중에 자신이 살길을 찾았다.

모든 힘을 발휘해 전력 질주한 그는 듀라한보다 먼저 유신운에게 당도했다.

처척!

그러곤 자신의 빠르기에 당황해 아무런 반응도 하지 못하는 유신운의 팔목을 양손으로 부여잡았다.

그는 곧장 광라흡원진공으로 유신운의 몸속에 있는 기운을 빨아들였다.

'된다!'

팔목을 통해 기운이 흘러 들어오기 시작했다.

그가 회심의 미소를 지어 보였다.

저 정체를 알 수 없는 괴물과 달리 유신운은 광라흡원진공이 통하고 있었다.

하지만 이내.

"크억, 크어억!"

가취흔이 지금까지의 누구보다 가장 고통에 찬 신음을 토해 내기 시작하였다.

"왜 맛없어?"

낯빛이 검게 물들기 시작한 가취흔을 보며 유신운이 비소를 지어 보였다.

유신운의 몸속에는 무림인이 절대로 흡수해서는 안 되는

기운이 있었다.

무림인에게는 극독 중의 극독인 음의 마나였다.

흡수당한 음의 마나가 구광림의 몸에서 폭주하고 있었다.

'제발, 제발!'

가취흔이 살기 위해 손을 떼려고 했지만, 유신운은.

"사양하지 마. 죽을 때까지 먹게 해 줄 테니까."

절대 그것을 허용하지 않았다.

툭.

유신운이 자신의 팔목을 붙들고 있는 목내이를 밀쳐 냈다. 전신이 앙상한 나뭇가지처럼 뒤바뀐 가취흔이 힘없이 허물어졌다.

마공을 익힌 자의 최후는 비참했다.

음의 마나와 내기의 충돌로 결국 단전이 파괴되자, 소멸을 앞두고 미쳐 날뛰던 광라흡원진기가 생명력을 담당하는 가취흔의 진원진기까지 함께 방출시켜 버린 것이다.

'쓰레기 같은 놈.'

참혹한 몰골이었지만 시체를 내려다보는 유신운의 눈빛에는 일말의 감정도 담겨 있지 않았다.

스윽.

몸을 숙여 가취흔의 품 안에 있던 광라흡원진공의 비급을 챙긴 유신운은 슬며시 주변을 훑었다.

　'난리도 아니군.'

　공동의 내부는 혈랑대원들의 조각난 시체들과 피로 범벅이 되어 있었다.

　그리고 그 지옥도 속에서 듀라한이 살기가 넘실거리는 안광을 쏟아 내며 유신운의 명령을 기다리고 있었다. 한 마리의 흉포한 짐승 같은 모습이었다.

　'강함만으로 따지면 화경 스켈레톤에 비견되게 강해. 하지만 너무 거친 게 단점이야. 아무래도 이 녀석을 꺼내는 건 조심하긴 해야겠군.'

　지금까지의 싸움에서도 이 정도의 광경은 흔치 않았기에, 유신운은 듀라한을 역소환하며 속으로 그렇게 생각했다.

　상황을 마무리 지은 유신운의 시선이 새롭게 얻은 비급으로 향했다.

　'……한데 그건 그렇고. 흡성대법이라.'

　광라흡원진공은 상대의 기운을 흡수하여 본인의 것으로 만드는 흡성대법류 무공의 정화라고 할 수 있었다.

　그리고 흡성대법은 유신운이 무공에 대해 알게 된 후, 눈독을 들였던 무공들 중 하나였다.

　물론 유신운이 혈랑대를 사냥감으로 삼은 이유는 그들이 훗날 저지를 살행을 막아 내려는 것이 가장 컸지만.

다른 이유에는 그들의 무공을 입수하기 위함도 있었다.

'사기 추출은 오로지 죽은 자의 기운만 흡수할 수 있다. 한데 전투 중에도 상대방의 기운을 흡수할 수 있게 된다면, 난 또 하나의 새로운 전투 방식을 정립할 수 있을 거야.'

또한 전투 중에 적의 기운을 흡수할 수 있다는 점은 소환수들을 부리는 데 막대한 기운이 소모되는 그의 단점을 해결해 줄 수 있으리라.

마공이라는 점이 살짝 걸렸지만, 이내 동화선기가 기운을 정화해 줄 것을 떠올리며 마음의 짐을 덜었다.

이윽고 유신운이 비급의 첫 장을 펼쳐 보였다.

한데 총기를 띤 눈으로 비급을 빠르게 읽어 내려가던 유신운의 표정이 점점 미묘하게 변했다.

'어라?'

끝까지 본 후에는 무슨 이유에선가 의아함까지 떠올라 있었다.

이유는 간단했다.

'제목처럼 말 그대로 후반부의 반쪽짜리 비급이지만……
이거 내용이 뭔가 이상한데.'

무공에 이상이 있었다.

세가의 인원들을 위해 기초 무공과 수많은 무공들을 새로이 창안하며, 유신운의 무공을 분석하고 파악하는 능력은 상승의 경지에 올라 있었다.

'단기간 내에 폭발적인 성장은 가능하지만, 이건 자신의 생명력을 갉아먹으며 강해지는 꼴이야. 이 구결로는 대성할 수도 없고, 필시 5년 안에 죽음을 맞이하게 된다.'

하지만 분명히 흡정마군 혁무독은 광라흡원진공을 배우고도 100년이 넘게 살다가 죽음을 맞이했다.

'그렇다는 이야기는…….'

이 광라흡원진공은 혁무독이 '의도적으로' 치명적인 단점을 지니게끔 개조하고 후인에게 남겼다는 뜻이리라.

아무래도 마인 중에는 정상인이 없는 것 같았다.

그는 안도의 한숨을 내쉬었다.

'비급이 후반부여서 망정이지. 전반부를 얻고 성급하게 습득했으면 큰일 날 뻔했군.'

짜증이 솟구친 유신운은 곧장 비급을 태워 버리려 했다가 순간 멈칫했다.

'흐음, 이것도 나름대로…….'

그는 문득 훗날 쓸모가 있을 수도 있다는 결론을 내리곤 비급을 품에 갈무리하였다.

그러곤 후인에게 이런 비급을 남겨 준 장본인에게 걸어갔다.

공동의 중앙에 자리한 흡정마군의 백골이 텅 빈 동공으로 그를 노려보고 있었다.

'제대로 된 걸 빼앗아 와야겠군.'

다행히도 유신운은 비급이 없어도 무공을 획득할 수 있었다. 그가 슬며시 자신의 손을 백골에 얹었다.

스아아.

흡정마군을 깨우기 위해 서서히 기운을 끌어올렸다.

'으응?'

하지만 아무리 기운을 불어넣어도 어떠한 반응도 생겨나지 않았다.

생각지 않은 전개에 유신운이 백골을 유심히 들여다보았다.

"하아! 뭐야, 이건 또."

그가 미간을 찌푸리며 말했다.

그의 눈앞에 놓인 백골은 진짜가 아니었다. 아주 정교하게 만들었지만, 사령술사인 유신운의 눈을 속일 수는 없었다.

흡정마군을 스켈레톤으로 부활시키려는 계획은 실패하였다.

하지만 광라흡원진공을 얻을 수는 있을 것 같았다.

유신운은 눈에 진기를 불어넣어 시력을 최대한 상승시켰다.

'참나.'

그러자 백골에 그조차 겨우 알아볼 정도의 작은 크기로 글귀가 빼곡히 적혀 있는 것을 확인할 수 있었다.

백골에 적힌 첫 문장은 이러했다.

축하한다. 네놈은 나의 시험을 통과했다. 비급을 보고도 하자가 있는 무공인지 알아채지 못하는 천치 같은 놈은 감히 내 무공을 배울 자격조차 없다.

글귀를 읽어 내려가는 그 순간.
유신운의 눈앞에 시스템 메시지가 떠올랐다.

[진(眞) 광라흡원진공을 발견하였습니다.]
[습득하시겠습니까?]

유신운의 표정에 황당함이 차올라 있었다.
'……미친놈이 뼈에다가 무공을 새겨 놔?'
그렇게 마인은 죄다 정신 나간 놈들이란 유신운의 생각이 꽤나 큰 설득력을 얻고 있었다.

그로부터 이틀 후.
낭인시장 낙양지부.
"아니, 몇 번이나 말하게 하는 거야! 그놈들이 우리를 버리고 가면서 무슨 목표 수 어쩌고 하는 수상한 말을 하는 걸 들었다니까!"

"그래, 복마굴 안쪽에서 뭔가 저들이 일을 꾸미고 있는 것 같다고!"

"그 가면 쓴 친구가 구해 주지 않았으면 완전히 개죽음당 할 뻔했어!"

거지꼴을 하고 있는 3명의 낭인이 낭인시장의 부지부장 인 철녹장(鐵綠將) 감돈(甘暾)에게 숨 가쁘게 말을 이어 가고 있었다.

그들은 다름 아닌 복마굴에서 유신운이 목숨을 살려 주었 던 3명의 삼류 낭인들이었다.

그들은 중간에 모습을 감춘 여득구를 버리고 곧장 복마굴 을 빠져나와 정신없이 도망친 끝에 낭인시장으로 돌아와 있 었다.

그리고 벌써 반 시진이 넘게 감돈에게 혈랑대의 만행을 토 로하고 있었다.

"지들을 위해서 동료 낭인을 요괴 먹잇감으로 갖다 바쳐도 되는 거야?"

"그래, 아무것도 안 해도 된다더니 전부 다 거짓부렁이였 다고! 이거 당연히 낭인시장이 나서야 하는 사안 아닌가!"

"아니, 그것보다 정말로 그놈들 낌새가 너무 이상했어. 죄 를 묻지 않더라도 무언가 조사는 들어가야 할 것 같은 데……."

하지만 그들이 목에 핏줄을 세워 가며 말을 꺼냄에도.

"아니, 글쎄 전장에서 위험에 처하면 최대한 많은 이들을 살리기 위해 어쩔 수 없는 희생을 내리는 판단을 할 수도 있는 것인데. 그것을 가지고 우리 보고 뭘 어쩌라는 것인가."

부지부장인 감돈은 그들의 말을 귓등으로도 듣지 않고 있었다.

'쯧, 지들도 눈앞의 이익에 눈이 멀어 위험한 곳에 자처해서 갔으면서 뭔 말이 이리 많은지.'

지금껏 의뢰가 자신의 뜻대로 풀리지 않은 삼류 낭인들의 별별 트집과 하소연을 계속 겪어 왔던 터라, 이들의 말을 그다지 귀담아듣지 않는 것이다.

하지만 그런 상황을 멀찍이서 지켜보는 지부장 엄악은 무언가 생각이 복잡해 보였다.

'……이것으로 벌써 3달 동안 100명에 가까운 삼류 낭인들이 죽음을 맞이했다. 혈랑대는 정말 미심쩍은 구석이 한두 가지가 아니야.'

그는 이미 오래전부터 혈랑대에 대한 의심을 품고 있었다.

그들이 데려간 삼류 낭인들 중에 여태껏 생존을 확인한 이가 하나도 없었던 탓이었다.

몇십 년간 강호의 칼밥을 먹고 살아온 그는 혈랑대의 행동을 보며 알 수 없는 꺼림칙함을 느꼈다.

그에 그는 곧장 중원의 모든 낭인시장을 이끄는 자신의 수장인 낭왕(狼王)에게 혈랑대를 조사해야 한다고 보고를 올렸지만.

　-쓸데없는 짓거리를 벌이지 말고. 너의 일에나 집중해라.

　그들에게 관심을 끄라는 냉담한 반응만 들을 뿐이었다.
　낭왕의 명령을 다시 떠올리자, 엄악은 표정에서 씁쓸함을
숨길 수 없었다.
　'……분명히 은자를 처먹은 것이겠지.'
　시간이 흐르며 과거 굵직한 행보들로 자신의 가슴을 울리
게 했던 낭왕은 사라지고, 황금에 눈이 돌아간 돼지만이 남
아 있었다.
　엄악은 깊은 한숨을 내쉬며 아직도 시끄럽게 떠들고 있는
낭인들을 바라보았다.
　순간 엄악은 자신이 말리지 못했던 뼈 가면의 낭인이 자꾸
만 눈앞에 아른거렸다.
　'숨기고 있던 실력으로 저들을 구해 줬다고는 하지만, 홀
로 복마굴에서 살아남는 것은 불가능에 가까워. 필경 그자도
죽음을 맞이했을…….'
　끼익.
　한데 그때 낭인시장의 객잔 문이 열렸다.
　그에 아무 생각 없이 문 앞을 살폈던 낭인들의 눈이 하나
같이 커다랗게 떠졌다.

몸을 감싼 장의에 피 칠갑을 한 유신운이 터벅터벅 걸어 들어오고 있었기 때문이었다.

자신들을 구해 준 뼈 가면의 사내를 확인한 3명의 삼류 낭인은 얼굴에 화색이 감돌며 그에게 한걸음에 다가섰다.

"어어?"

"헉! 저, 저 친구가 어떻게!"

"이보게나! 자네 괜찮은⋯⋯! 히익!"

"저, 저건!"

하지만 뒤늦게 그의 곁에서 무언가를 발견한 그들은 경악과 함께 표정이 새하얗게 질렸다.

유신운이 목내이 형상을 한 시체 한 구를 줄에 매달아 질질 끌고 들어오고 있던 것이다.

객잔의 어느 누구도 쉽사리 말을 꺼내지 못하던 그때.

"⋯⋯저건 뭔가."

엄악이 조심스러운 목소리로 말을 꺼냈다.

그러자 유신운이 쥐고 있던 줄을 탁 던져 놓으며 말을 꺼냈다.

"혈랑대주 가취흔이다."

"⋯⋯!"

저 목내이가 가취흔이라고?

생각지도 않은 유신운의 말에 낭인시장에 자리하고 있던 모든 낭인들이 시끄럽게 수군거리기 시작했다.

표정을 굳힌 엄악이 조심스레 가취흔의 시체로 다가갔다. 그러곤 시체에서 느껴지는 음험한 기운에 제 눈동자를 파르 르 떨었다.

"……혹 내가 생각한 상황이 맞는 것인가?"

엄악이 시선을 유신운에게 맞추며 말을 꺼냈다.

"혈랑대의 세 간부는 모두 마공을 익힌 마인이었다. 그들 이 지금껏 동급의 낭인들을 복마굴로 데려간 것은 모두 그 마공의 연마를 위해 제물로 삼기 위함이었고."

마공과 마인이라는 말에 낭인들은 경악을 금치 못했다.

부지부장인 감돈은 턱이 빠질 것처럼 입을 쩍 벌리고 있을 정도였다.

평화의 시대인 지금 마인은 공포 그 자체를 상징하는 이름 이었다.

하지만 그런 분위기 속에서도 유신운은 아무 일도 아니라 는 듯 행동하며 위화감을 불러일으키고 있었다.

타악.

그때 유신운이 엄악의 탁자에 자신의 동패를 올려놓았다.

"혈랑대 전원의 토벌과 복마굴의 요괴 소탕을 완료했다. 그럼 다시 오기 전까지 등급 조정을 부탁하지."

말이 끝남과 동시에 그는 뒤도 돌아보지 않고 낭인시장을 떠났다.

싸늘한 침묵이 낭인시장 안에 내려앉은 가운데.

'……저자는 대체.'

엄악을 비롯한 수많은 낭인들은 유신운의 뒷모습을 보며 깨달았다.

낭왕 이후, 잠잠했던 낭인계에 파란을 일으킬 새로운 인물이 등장했음을.

귀면랑(鬼面狼)의 첫 행보였다.

시간은 빠르게 흘러 어느새 신임 내찰당주 유신운의 취임식 날이 다가왔다.

하지만 유신운은 집법당 사건 이후로 그 어디에도 제 모습을 드러낸 적이 없는 상태였다.

무림맹에 폭풍의 핵이 되어 버린 유신운의 행보를 모두가 주목하고 있었기에, 그가 종적을 감춘 일은 많은 이들의 입방아에 오르내리고 있었다.

지레 겁을 집어먹고 절강성으로 돌아갔다고 떠드는 이들도 많았지만.

절강성의 백운표국.

아니, 이제는 백운세가로 불리는 그곳 어디에서도 유신운의 흔적은 조금도 보이지 않았다.

그런 탓에 오히려 애가 타는 것은 적양자와 천강진인을 비롯한 무림맹의 내부 세력들이었다.

황제의 압박과 강호의 시선들 때문에 진행했던 내찰당의 내부 개편은 이미 끝나 있었다.

소속 인원이 단 10명에 불과했던 내찰당은 이전과는 천지 차이로 뒤바뀌어 있었다.

무림맹의 뼈대라 할 수 있는 육당(六堂), 칠대(七隊), 오단(五團)에서 총 50명에 달하는 무림맹 정예 무사들이 차출되었으며.

구파일방과 칠대세가에서도 문파의 장이 선별한 후기지수를 무조건 1명씩 당원으로 지원하게끔 맹주가 명령하였다.

당연히 무림맹의 무덤이라 불리는 내찰당으로 전출되는 것은 수많은 무림맹 무사들의 반발을 가져왔다.

그런 내부의 잡음을 억지로 눌러 다스리면서까지 내찰당을 개편했는데, 정작 유신운이 모습을 비추지 않자 당혹스럽기 그지없었던 것이다.

그런 상황에서 설마 당일에는 모습을 나타나겠지 하는 초조한 기대를 하며 내찰당주의 취임식은 조용히 준비되고 있었다.

제대로 된 보수조차 되어 있지 않아 세월의 흔적이 그대로 느껴지는 허름한 전각.

이곳의 정체는 다름 아닌 내찰원이었다.

중원 최고의 목수들을 고용해 유지, 보수를 하는 무림맹의 수많은 전각들 중에서 유일하게 그 손길이 미치지 않는 곳이 었다.

그나마 내찰원에서 봐줄 만한 곳은 딱 하나.

연무장뿐이었다.

초대 내찰당주의 고집으로 육당 중에서도 가장 크고 넓은 연무장을 지니고 있었다.

하지만 소속 인원이 10명뿐이었기에, 연무장은 언제나 휑한 느낌을 줄 뿐이었는데 놀랍게도 오늘은 사람이 가득했다.

유신운의 취임식 때문에 자리한 신규 내찰당원들과 취임식을 구경 온 무림맹 무사들이 연무장을 채우고 있었던 것이다.

"쯔쯔, 표정들이 하나 같이 전투에서 지고 돌아온 패잔병들 같구먼. 불쌍해 죽겠어."

"불쌍은 무슨, 들어 보니 각 부대마다 무위가 제일 떨어지는 무사들을 강제로 지원하게끔 했다던데. 저들이 평소에 수련을 게을리한 탓이지."

"휴, 하마터면 내 차례가 될 뻔했지 뭔가."

구경꾼들은 신규 내찰당원들의 어두운 표정을 보며 연민과 비웃음을 동시에 내뱉고 있었다.

하지만 그러다가 슬슬 새로운 구경거리를 찾아내었다.

"……한데 그건 그렇고 저쪽은 다른 의미로 살벌하기 그지없구먼."

무림세가
전생검귀

구경꾼들의 시선을 따라가자 젊은 무인들로 구성된 세 무리가 보였다.

세 파로 나뉜 구파일방과 칠대세가 파벌이었다.

그들은 서로 멀찍이 거리를 두고 떨어진 채 보이지 않는 신경전을 벌이고 있었다.

같은 무림맹에 소속되어 있었음에도 그들이 서로를 바라보는 눈빛에는 확연한 적의가 담겨 있었다.

싸늘한 분위기가 이어지고 있던 그때였다.

"에잇! 도대체 당주라는 놈은 언제 오는 것이냐!"

더 이상 참지 못한 누군가의 고성이 터져 나왔다.

생긴 용모는 어디 하나 인상적인 부분이 없이 너무도 평범했지만, 다른 이들보다 특히 화려한 무복이 눈에 띄는 젊은 무인이었다.

그의 이름은 위무영(韋武英).

화산파의 제자로 백룡검(白龍劍)이란 별호를 지니고 있었는데, 그보다는 무림맹주 담천군의 세 번째 제자로 더욱 유명한 인물이었다.

담천군의 제자 중 아직 맹의 직위를 받지 않았던 그는 대제자와 둘째 제자의 예처럼 담천군이 이끄는 최고의 전투 부대인 황룡위(黃龍衛)에 배치되리라 예상되었지만.

놀랍게도 담천군의 명령으로 일개 내찰당원으로 배치가 되었다.

'젠장! 스승님이 말년에 노망이라도 난 건가. 나를 보고 고작 내찰당 따위에 가라니!'

그는 속으로 스승인 담천군에게 거친 욕지거리를 내뱉고 있었다.

당주도 아니고 고작 당원이라니.

위무영은 이 상황을 도저히 받아들이지 못하고 있었다.

스승처럼 강호에 협명을 떨치는 사형들과 달리 위무영은 안하무인의 성격으로 유명하였다.

하극상과 다름없는 위무영의 언행으로 연무장의 분위기가 싸늘하게 얼어붙던 그때.

위무영의 곁에 서 있던 그를 따르는 같은 파벌의 젊은 무인들이 입을 열었다.

"이 정도면 우리를, 더 나아가 무림맹을 무시하는 처사가 아닌가."

당랑을 연상케 하는 바싹 마른 체형에 날카로운 눈매를 지닌 종남파의 천하검룡(天河劍龍) 추준경이 첫마디를 내뱉었고.

"흥! 감당할 수 없을 자리란 것을 알았으면, 승낙하기 전에 제 놈이 미리 거절을 했어야지."

코 옆에 커다란 점이 박혀 있는 공동파의 섬전일창(閃電一槍) 고반이 맞장구를 쳤으며.

"역시나 과장된 평가였군요. 그저 볼품없는 겁쟁이에 불과하거늘."

아름다운 미모에 비례한 독기가 넘쳐흐르는 아미파의 혈부용(血芙蓉) 해월이 말을 끝마쳤다.

속칭 화산파 파벌이라 불리는 4개 문파의 후기지수들이었다.

"더 기다려 보았자 시간 낭비일 터. 나는 그만 돌아가 보겠다."

위무영이 연무장을 내려가려는 찰나, 다른 구파일방의 파벌에서 나지막한 목소리가 들려왔다.

"아직 일각조차 지나지 않았다. 참을성이 그리도 부족한가."

자신을 질책하는 말에 위무영이 우뚝 멈춰 섰다. 그러곤 몸을 돌려 입을 연 청수한 분위기의 도사를 노려보며 말했다.

"……지금 감히 나에게 지껄인 말이더냐?"

"지금 여기서 아해처럼 행동하는 이가 그대말고 또 있던가."

"말을 삼가라, 태극검룡(太極劍龍)! 네놈이 함부로 말을 지껄일 분이 아니다!"

사내의 말에 위무영의 눈빛에 분노가 떠오르자, 고반이 앞을 막아서며 소리쳤지만.

"사내의 아첨은 보기 민망하군."

"뭣이 어째!"

무당파의 장문인 현학도장의 둘째 제자인 태극검룡 태일

은 조금도 물러섬 없이 얼음장처럼 차가운 태도로 일관하였다.

"……건방진 놈! 떠나기 전에 네놈에게 강호의 예의에 대해 알려 주어야겠구나."

위무영이 자신의 검파에 슬며시 손을 가져다 대자, 상황을 지켜보던 청성파의 지학과 곤륜파의 정현이 빠르게 나서며 둘을 말렸다.

"같은 맹의 일원끼리 얼굴을 붉히다니 아니 될 일이오!"

"다, 다들 싸, 싸우지 마세요."

그렇게 일촉즉발의 상황이 전개되고 있는 와중에 여유로운 이들은.

"으하하! 아미타불, 저 꼴통이 또 일을 저질렀구나."

소림사의 땡중이라 불리는 덕광과 연무장에 누워 드르렁 코골이를 하고 있는 개방의 경초방만이 유일했다.

"어이, 한 판 뜰 거면 나도 좀 같이 끼고 싶은데."

"쉿! 괜한 말마라, 호아야. 우리까지 엮이게 되면 사태가 걷잡을 수 없게 된다."

순간 상황을 지켜보던 남궁호가 쓸데없는 말을 내뱉자, 팽승구가 검지를 올리며 다급히 말을 꺼냈다.

"저 바보는 항상 불난 집에 부채질을 하려고 하는 것 같아요. 그렇죠, 언니?"

"……."

언소소는 찰싹 붙어 있던 모용미에게 말을 붙였지만, 모용미는 아무런 대답도 없었다.

취임식에서 대소란이 일어나기 일보 직전.

"어, 어어? 어, 어어!"

닭다리를 뜯고 있던 황보동이 무언가를 발견하고는 화들짝 놀라 신음을 쏟기 시작했다.

다른 이의 배는 될 벌한 비대한 덩치로 촐싹거리자, 사람들의 시선이 황보동이 바라보고 있는 방향으로 향했다.

그리고.

모두의 동공에 황보동과 똑같은 충격이 담겼다.

느닷없이 허공에 희뿌연 안개가 퍼지고 있었다. 급속도로 퍼지기 시작한 안개는 순식간에 내찰원 전부를 뒤덮기 시작했다.

뒤늦게 상황을 파악한 모두의 눈빛에 당혹감이 차올랐다.

온갖 진법으로 수호 받고 있는 무림맹의 본단에서 아무런 이유 없이 이런 일이 벌어질 리 없었다.

"진법이다!"

"누군가가 맹에 침입했⋯⋯!"

구경꾼의 마지막 말은 안개 속에 파묻혀 사라져 버렸다.

채챙! 채채챙!

세 파벌의 14명의 후기지수들은 모두 각자의 무기를 뽑아 들었다. 무림맹에 정체를 알 수 없는 누군가가 침입한 이런 막중한 상황에서 서로를 향해 칼을 들이밀 자는 없었다.

퍼버벅! 퍼억!

"으아아악!"

"크어억!"

그런데 그때 북이 터지는 소리와 함께 수많은 이의 비명이 그들의 귓전에 들려오기 시작했다.

시야는 이미 안개로 뒤덮여 버렸기에 청각과 기운으로 감지하는 것 외에는 상황을 짐작할 방도가 없었다.

그런데 그들을 제외하고 차출된 50명의 무인들의 기운이 빠르게 사라져 가기 시작했다.

그로 인해 한 가지는 확실해졌다.

모두의 뇌리에 한 가지 결론이 새겨졌다.

'적이 침입했다.'

정말로 무림맹의 본단에 적이 침투한 것이다.

무림맹의 창맹 이래 단 한 번도 벌어진 적이 없는 일이었다.

모두가 충격에 휩싸여 있던 그때.

스아아아!

"……!"

별안간 안개가 일렁이더니, 그들의 눈앞에 정체를 알 수 없는 세 사람의 복면인이 등장하였다.

파바밧! 파밧!

누가 먼저라고 말할 것도 없이 14명의 후기지수들이 그들에게 전부 달려들었다.

그러자 가운데에 서 있던 그들의 수장으로 보이는 복면인이 앞으로 전광석화처럼 튀어 나갔다.

"죽어랏!"

"이 악적!"

복면인과 가장 가까이에 있던 해월과 추준경의 검이 살아 있는 뱀처럼 움직이며 복면인의 사혈을 노렸다.

그와 동시에 고반의 창이 말 그대로 섬전처럼 사각을 찔러 갔다.

완벽한 합격이었지만.

스윽.

"......!"

'이게 무슨!'

복면인은 단 한 발자국을 움직이는 것만으로 그 모든 공격을 무효로 만들었다.

퍼퍽! 퍽!

그리고 한 상대에게 한 번씩만 뻗는 일권으로 그들이 연무장의 바닥에 강제로 몸을 누이게 했다.

흰자만 남은 눈동자로 그들의 몸이 그대로 고꾸라지자.

촤아아아! 쐐애액!

선명한 검사가 일렁이는 3개의 칼날이 복면인에게 쏟아졌다.

　각 파벌마다 가장 강하다고 평가받고 있는 3인.

　위무영, 태일, 남궁호의 검이었다.

　그러나.

　그런 그들의 검조차 복면인에게는 조금도 닿지 못했다.

　그들이 찌른 것은 복면인이 남긴 잔영에 불과하였다.

　'뭐다!'

　자신들이 완전히 속아 넘어갔음을 깨달았을 때는 이미 그들의 목덜미에 복면인의 수도가 벼락처럼 내리꽂히고 있었다.

　또다시 허물어지는 아군을 바라보며.

　'……말도 안 돼.'

　'스치지 조차 못 했다고?'

　실력이 떨어지는 탓에 뒤늦게 공격을 쏟아 내려던 후기지수들의 낯빛이 하얗게 질려 있었다.

　하지만 그들은 죽을지언정 도망칠 생각 따위는 없었다. 그것은 그들의 목숨보다 중요한 문파의 자존심이었다.

　문제는 안타깝게도 그들은 곧바로 움직이는 것조차 봉쇄당했다. 달려들던 그들이 제자리에 석상처럼 옴짝달싹 못 하고 서 있었다.

　'이게 무슨?'

　내려다본 그들의 발이 말 그대로 돌이 되어 있었다.

"······움직이면 다친다."

어느새 뒤를 점한 또다른 복면인이 언소소의 목에 칼을 대며 말을 꺼내고 있었다.

'어라?'

언소소는 당황했다. 그 목소리가 너무나 익숙했기 때문이었다.

그러던 그때 복면인들의 수장이 그녀에게 한 발짝씩 다가왔다.

그는 자신의 얼굴을 숨기고 있던 복면을 벗고 제 얼굴을 드러내며, 그녀가 전혀 예상치 못한 한마디를 내뱉었다.

"입당 시험 결과. 실력 부족으로 전원 탈락."

7장

"끄으응!"

"으으!"

신음을 흘리며 의식을 잃었던 후기지수들이 한두 명씩 차례로 눈을 뜨기 시작했다. 그런 그들이 처음 느낀 감각은 참기 힘든 목덜미의 뻐근함이었다.

조금씩 제정신이 돌아오기 시작하자 그들은 자신들이 정신을 잃었었다는 사실에 당황하며, 황급히 주변을 둘러보았다.

주변에는 아직도 의문의 안개가 내려앉아 있었고, 그에 놀라 다급히 몸을 일으키려 했지만.

'이런……!'

몸이 전혀 움직이지 않았다. 엄청난 무게의 철환이 자신의 양발에 달린 듯한 느낌이었다.

시선을 아래로 내린 그들의 동공이 지진이라도 난 듯이 떨렸다.

자신들의 양발이 돌이 되어 딱딱히 굳어 있었다.

도무지 냉정함을 찾기 힘든 상황이었지만, 그들은 어떻게든 제정신을 차리려 노력했다.

"으아아! 어떤 개자식이 내 발을!"

그러나 가장 늦게 일어난 위무영은 일어나자마자 자신의 발을 보곤 발광을 하기 시작했다.

그 모습을 보며 나머지 13명의 후기지수들이 전원 인상을 찌푸렸다.

"우라질! 시끄러우니 넌 좀 닥쳐라!"

"동감이다."

남궁호가 욕지거리와 함께 소리치자 무당파의 태일이 말을 받았다.

하지만 그들의 말에도 이성을 잃은 위무영은 도저히 진정이 안 됐고, 그들은 고개를 절레절레 가로저었다.

"끄응! 잠이 덜 깼나. 내 발이 왜 돌이 된 거지?"

멍한 얼굴로 중얼거리는 개방의 경초방을 어이가 없다는 표정으로 바라보던 덕광이 주변을 살피며 말을 꺼냈다.

"……아미타불. 시주분들 중에 적의 정체를 확인하신 분이 계시오?"

덕광의 말에 아무도 제대로 대답하지 못했다.

한데 그럴 수밖에 없었다. 그들 모두 침입자에게 단 일수에 제압당했으니까.

"……제가 얼굴을 봤어요."

그때 언소소가 닫혀 있던 입을 열었다.

모든 사람들의 시선이 단번에 언소소에게로 향했다.

"제 추측이 맞는다면 그는 분명히……."

"이제야 일어났군."

그녀의 말이 끝나기도 전에 다른 이의 목소리가 울려 퍼졌다.

그들이 고개를 돌리자 안개가 일렁이더니 세 사람의 모습이 드러났다.

유신운과 당하린, 제갈군이었다.

"당신은……?"

"……역시 하린 언니였어."

"앗! 그, 그 옷은!"

전혀 상상하지 못한 존재들의 등장에 당혹감을 숨기지 못하던 그들은 이내 세 사람의 복장이 복면으로 얼굴을 가렸던 침입자들의 것과 똑같다는 걸 뒤늦게 알아차렸다.

"역시 네놈들이 첩자였구나! 이 더러운 사파련의 졸개자—! 크억!"

"자, 개소리는 이만 넣어 두시고."

위무영이 핏대를 세우며 발악을 해 댔지만, 유신운은 가볍게 명치를 걷어차 주는 것으로 놈의 입을 다물게 하였다.

위무영이 고통에 애벌레처럼 꿈틀거리는 것을 보던 유신운이 시선을 다른 후기지수들에게 돌렸다.

혹한의 서리 같은 눈빛에 후기지수들이 모두 움찔 제 몸을 떨었다.

"기절하느라 못 들은 자들이 많은 것 같으니, 다시 한번 말해 주겠다. 그대들 전원은 실력 부족으로 내찰당의 입당 시험을 불통하였다."

"……!"

입당 시험이라고?

이 말도 안 되는 사태를 단지 그런 이유로 벌인 것이라니.

후기지수들은 처음에는 황당함에 말을 잃어버렸다.

하지만 곧이어 대다수 후기지수가 자신들이 한낱 내찰당의 입당에 실패했다는 사실을 알아차리고는 부끄러움에 고개를 들지 못했다.

이 수모가 그들의 사문과 가문에 알려진다면, 그들은 도저히 얼굴을 들고 다니지 못하리라.

"말 같지도 않은 소리는 집어치워라!"

"이따위 말도 안 되는 시험을 맹이 인정할 것 같더냐!"

"내 사문에 이 모든 것을 일러 네놈이 저지른 이 사태에 대한 책임을 단단히 지게 할 것이다!"

화산파 파벌의 추준경, 고반, 해월이 핏발이 선 눈으로 말을 꺼냈다.

살벌하기 그지없었지만, 유신운은 비소를 지어 보일 뿐이었다.

"사문을 팔아 겁박을 하려는 모양인데, 나는 제 부모에게 쪼르르 달려가 일러바치려는 어린아이들 따위는 전혀 무섭지 않아."

"뭐, 뭣이!"

"감히 네놈이!"

세 사람이 화를 참지 못하고 부들부들 몸을 떨었다.

"납득할 수 없습니다. 이건 너무나 불합리한 처사입니다."

"그래요. 저희에게 사전에 어떤 것도 고지를 않고, 어찌이리 진행을 하시는 거죠."

이번에는 팽승구와 모용미가 차분한 목소리로 유신운에게 불만을 토로했다.

그러자 유신운이 미간을 찌푸리며 말을 이어 갔다.

"하, 너희들의 적은 사전에 알리고 찾아와서 문안을 여쭌 다음 기습을 하나 보지? 돌발적인 상황에 제대로 대처조차 못 하고, 적에게 일 합에 모두 제압당한 작자들이 뭐 이리 할 말이 많은 거야!"

"……!"

정곡을 찌르는 유신운의 말에 두 사람은 할 말을 잃었다.

유신운의 이야기가 틀린 것이 하나도 없었기 때문이었다.

연무장에 싸늘한 침묵이 내려앉았다.

그때 후기지수들을 훑어보던 유신운이 한숨을 깊이 내쉬며 말을 꺼냈다.

"후우! 그럼 이렇게 하도록 하지. 지금부터 그대들 중에 기문진을 해결하거나 혹은 석화가 된 그대들의 발을 해독해 내는 자가 있다면. 무릎을 꿇고 사과함과 동시에 그자에게 당주의 자리를 양보하도록 하겠다."

유신운의 또 다른 폭탄선언이었다.

그러나 후기지수들의 귀를 의심하게 만든 것은 그다음의 말이었다.

"뭐, 부당주들의 힘을 해결할 수 있다면, 너희들의 실력을 내가 분명히 잘못 본 것일 테니까."

부당주.

유신운은 제갈군과 당하린을 분명히 그렇게 칭하고 있었다.

며칠 전, 낭인시장의 일을 마친 유신운은 안가로 돌아와 은밀히 당하린과 제갈군을 불러들였다.

집법원 이후로 처음 보는 그들에게 유신운은 내찰당 부당주의 직위와 함께 그들을 위해 준비해 두었던 새로운 힘을 전달해 주었다.

당하린에게는 자신이 융독겸에 저장해 두었던 맹독들의

일부를 덜어 주었으며.

제갈군에게는 만상자가 남긴 비서를 건네주었던 것이다.

'……이 독이 언니의 것이라고?'

'……제갈가의 천우가 기진당(奇陣黨)의 진식 차단을 뚫고 진법을 펼쳤단 말인가.'

무림사에 존재한 적이 없는 정체를 알 수 없는 독과 불침의 방진을 뚫고 진법을 사용한 것이 당하린과 제갈군이라는 것에 그들 모두가 거대한 충격에 빠졌다.

믿을 수 없었다.

분명히 몇 달 전만 하더라도 비응단에 속해 있는 그들은 자신들보다 한참 아래의 실력을 지니고 있지 않았던가.

도대체 저자를 만나고 얼마나 변화와 성장을 해낸 것일까.

그들의 눈에 의문이 가득했다.

"흥! 그 말 후회하게 해 주겠다!"

하지만 다른 이들이 충격에 휩싸인 것과 달리 위무영은 비웃음과 함께 유신운을 무릎 꿇리기 위해 행동을 시작했다.

그가 자신만만한 태도로 품에서 무언가를 꺼내 들었다.

엄지손톱만 한 작은 크기의 홍색 구슬이 그의 손바닥에 놓여 있었다.

"저건!"

"당가의 피독주를 왜 저자가!"

구슬의 정체는 다름 아닌 삼키는 것으로 거의 모든 독을 해독하여 준다고 알려진 피독주였다.

　게다가 붉은색의 피독주는 오로지 당가에서만 제작되는 가전의 보물이었다.

　주변의 반응을 보고 위무영이 한껏 의기양양해졌다.

　'후후! 당가에서 숨겨 놓았던 절독이었나 본데, 자신들이 중독당하지 않기 위해 만든 당가의 피독주가 해독하지 못할 리 없지!'

　꿀꺽.

　그가 피독주를 목구멍으로 삼켰다.

　모두의 시선이 그의 양발로 향했다.

　단전에서 피독주가 깨지며 전신에 서늘한 기운이 퍼지기 시작하자 위무영이 자신만만하게 쓰러져 있던 자리에서 몸을 일으켰다.

　"크헉!"

　……아니, 일으키려 했다.

　그러나 그의 발은 이전과 똑같이 딱딱하게 굳어 있었다. 피독주는 아무런 영향도 주지 않고 있었다.

　"어, 어째서!"

　유신운이 위무영을 보며 속으로 비웃음을 날렸다.

　당하린이 사용할 수 있도록 최대한 많이 희석해서 줬기는 했지만, 어찌 되었건 융독겸에 저장되어 있던 맹독이었다.

　저따위 물건으로 쉽게 해독될 리가 없었다.

"으아아! 이럴 리가 없어! 이럴 리가 없단 말이다!"

발광을 하는 위무영을 뒤로하고.

"자, 꼴값은 모두 떤 것 같고. 아무도 두 문제를 해결하지 못했으니. 이만 마치도록 하지."

유신운이 제갈군과 당하린에게 눈짓을 보냈다.

먼저 당하린이 후기지수들에게 슬며시 다가가 유신운이 만들어 준 해독약을 그들의 발에 뿌렸고, 제갈군은 진법을 해체하기 시작했다.

후기지수들의 발이 정상으로 돌아옴과 동시에 서서히 눈앞의 안개가 사라지고 있었다.

채챙! 채채챙!

시야가 밝아지자 도검 소리가 울려 퍼졌다.

"모두 물럿거라!"

"후기지수들을 지켜라!"

"침입자를 처단……?"

기진당의 진법사들이 구슬땀을 흘리고 있는 가운데, 맹의 내부를 지키는 내전 무사들 그리고 집법당의 무사들이 모두 모여 있었다.

"이거 축하 인원이 과하게 많군."

자신을 향해 쏟아지는 수없이 많은 의문의 눈빛에도 유신운은 여유롭기 그지없었다.

그날 밤.

　천강진인은 쓰러질 것 같은 두통에 관자놀이를 짓누르고 있었다.

　'이 개 같은 놈이 정말!'

　그 이유는 당연하게도 내찰당주 유신운 때문이었다.

　이 정체를 도무지 알 수 없는 망나니 놈은 제 취임식조차 조용히 넘어가지를 않았다.

　감히 검황의 삼제자 위무영, 그리고 구파일방과 칠대세가의 자제들에게 입당 시험을 치렀다.

　그것만으로도 있을 수 없는 일이거늘, 결과적으로 모든 이들을 떨어뜨려 버렸다.

　구파일방과 칠대세가의 자제가 입당에 떨어지다니.

　자신은 물론 맹에서조차 전혀 예상하지 못한 일이었다.

　그때 누군가를 떠올리며 천강진인이 얼굴을 구겼다.

　'젠장! 위무영, 그 멍청한 놈 때문에 일이 더 꼬여 버렸어.'

　그가 위무영에게 화를 쏟아 내는 이유는 간단했다.

　진법이 해체되고 내전 무사들이 상황을 판단하고 있던 그때.

　시험 결과에 불복한 위무영이 별안간 유신운에게 달려들었던 것이다.

때마침 등장한 황룡위의 삼석이자 담천군의 둘째 제자인 유성패권이 나서서 사제를 기절시키지 않았다면 일이 걷잡을 수 없이 커질 뻔했다.

같은 맹우를 공격한 죄는 가장 극형의 엄벌에 처해지니까 말이었다.

그 일만 아니었다면 맹 내에 소란을 일으킨 일로 유신운을 처벌을 할 수 있었지만.

모든 것을 덮고 조용히 넘어가자는 적양자의 말을 어쩔 수 없이 따를 수밖에 없었다.

'맹주는 또 왜 그리 놈을 비호한단 말인가.'

무림맹주 담천군이 사태에 대해 듣고 그에게 모든 선별 권한을 맡겼으니, 문제 삼을 것이 전혀 없다고 공표한 것이다.

게다가 맹 내에서 무단으로 진법을 발동시킨 것도 기진당에 맹의 진법 차단 술식에 허점이 있다는 것을 알려 주며 경각심을 불러일으켰다며, 도리어 칭찬을 하였다는 이야기가 전해졌다.

최고 실권자인 맹주가 그런 태도로 일관하자 그는 할 수 있는 일이 전혀 없었다.

"……게다가 이건 또 뭐야."

위무영과 화산파 파벌을 제외한 구파일방의 제자들, 그리고 이미 확정된 당가와 제갈가를 제외한 오대세가의 자제들이 무슨 생각인지 내찰당원에 다시 한번 지원했다는 내용이 담긴 서신이 그의 손에 들려 있었다.

"하아! 도대체가 맹이 어떻게 되어 가고 있는 건지……."

천강진인이 깊은 한숨을 내쉬었다.

같은 시각.

"휴우! 정말이지 국주…… 아니, 당주님과 함께하고부터 날마다 무슨 일이 일어날지 도무지 예상이 가지 않습니다, 예상이."

너스레를 떠는 제갈군의 목소리가 내찰당 당주실에 울려 퍼졌다.

유신운은 당하린, 제갈군과 함께 당주실에서 대화를 나누고 있었다.

동감이라는 듯 곁에서 고개를 끄덕이는 당하린을 보며.

'쯧쯧, 벌써 그러면 앞으로 어떻게 하려고 그러나.'

유신운은 그리 말하고 싶었지만, 미리 겁을 줄 필요는 없었기에 속으로 삼켰다.

"그래, 선물은 쓸 만하던가?"

"쓸 만한 정도가 아니지요. 제가 맹 내의 차단 술식을 뚫고 진법을 가동할 수 있게 될 줄은 상상조차 못 했습니다."

유신운의 말에 제갈군은 신이 난 어린아이처럼 반응했다.

하지만 사실 유신운 또한 제갈군에게 놀람을 금치 못했다.

'천재는 천재야. 만상비록을 건네준 지 며칠 만에 바로 만상자의 진법 중 하나를 제대로 사용할 수 있게 될 줄이야.'

유신운이 처음 만상비록을 얻고 살펴보았을 때, 그는 왜 만상자가 자신을 가리켜 만세에 나올까 말까 한 천재라고 일컬었는지 단번에 알았다.

'도저히 이해할 수가 없었지.'

만상자의 진법은 작은 원리조차 이해할 수 없을 정도로 어렵고 심오했다.

그런 탓에 제갈군에게 건네주면서도 제갈군도 똑같은 상황일까 걱정했는데, 결론적으로 쓸데없는 기우였다.

천우, 아니 천뇌(天腦) 제갈군은 훗날의 별호처럼 천하에서 손꼽히는 지혜를 지니고 있었다.

그는 물 만난 고기처럼 만상비록의 모든 것을 가공할 속도로 빨아들이고 있었다.

"……저는 당주님이 독공에 이렇게 조예가 깊은 줄은 상상도 못 했습니다. 당가의 역사 동안 그 어디에서도 발견하지 못한 새로운 독이라니요."

당하린 또한 상기된 얼굴을 숨기지 못했다.

유신운을 바라보는 그녀의 눈동자에는 신뢰를 넘어 존경의 감정까지 실려 있었다.

유신운에게 새로운 독을 선물 받은 그녀는 일반적인 무인

의 경지로 따지면 초절정으로 취급되는 독인(毒人)의 경지에
이르러 있었다.

독공은 새로운 독을 얻을 때마다 수많은 조합식이 추가되
기 때문에, 경지의 상승이 눈에 띄게 높아지는 특징을 지니
고 있었기에 가능한 일이었다.

"내찰당으로 오는 데에 가문의 반대는 없었나?"

"저는 별말씀이 없으셨습니다. 아무래도 집법원의 일로
당주님을 매우 높게 평가하시는 것 같습니다."

"저야 뭐, 가문의 관심에서 벗어난 지 오래니까요. ……
그냥 제가 섬길 주인을 찾았다고 말을 했더니, 입을 싹 닫더
군요."

순간 당하린은 제갈군의 말에 깜짝 놀라 그를 바라보았다.

제 주인을 찾았다는 제갈군의 말은 그냥 하는 말이 아니었
다.

제갈세가는 본디 가문의 기틀을 마련한 선조 제갈량 이래
로 쭉 군사의 가문이었다.

그리고 군사란 언제나 섬길 주군이 필요했다.

제갈세가가 거대 세력이 된 이후부터 가솔들은 자연히 가
주가 섬기는 이를 따랐지만.

세가의 가칙으로 가문의 인물이 새로운 주군을 찾았다면,
그것을 무조건 존중해야 한다고 정해져 있었다.

하나 그것은 가주의 뜻을 정면으로 거역하는 일이기에, 형

식상 존재할 뿐 지금껏 누구도 따른 일이 없었다.

제갈군의 진중한 눈빛이 유신운을 향했다.

그에 유신운이 작은 미소와 함께 말을 꺼냈다.

"필히 험로겠지만 후회는 않게 해 주지."

"설령 험로일지라도 앞장서며 주군을 지키겠습니다!"

사실상 제갈군의 뜻을 받아들인 유신운의 말에 제갈군의 표정이 샛별처럼 밝게 빛났다.

'아!'

그 모습을 본 당하린은 자신의 마음속에 떠오른 '부러움'이란 감정을 애써 진정시켰다.

제갈군처럼 유신운을 따르고 싶었지만, 자신의 어깨를 짓누르는 것들이 너무 많았다.

당가의 차기 가주라는 자신의 신분이 오늘만큼 이리 답답할 때가 없었다.

그때 유신운이 마치 그런 상황을 다 안다는 듯, 아무런 언급 없이 다른 화제로 말을 돌렸다.

"위무영, 그놈의 동태는 어떤가?"

"아직 신의각(神醫閣)의 병상에 쓰러져 있다고 합니다. 유성패권이 제대로 감정을 담아 팬 것 같더라고요."

제갈군의 말에 유신운은 고개를 끄덕였다.

사실 유신운은 처음 위무영을 보았을 때, 녀석이 혈교의 간자가 아닌가 의심을 품었다.

스승인 검황이 혈교의 령주였기 때문이었다.

하지만 여태껏 자신이 본 적 중 가장 치밀한 상대였던 검황에 비해 놈은 너무나도 부족했다.

놈이 혈교의 인물이라면 제 화를 못 이겨 맹우를 공격하는 패착은 절대로 저지를 리 없었다.

'위무영, 그놈은 검황의 정체조차 모를 거다. 지금 신경을 써야 하는 것은 오히려…….'

─……사제가 실수를 저지를 뻔했군. 내가 대신 사죄하겠소, 유 당주.

별호와 같이 유성처럼 등장한 황룡위의 삼석이자, 검황의 두 번째 제자인.

유성패권(流星覇拳) 이세천(李世擅).

바로 그자였다.

미쳐 날뛰던 사제를 한 수에 제압한 그는 정중한 포권 후에 자리를 떠났다.

사람들은 자신의 사제에게조차 손 속의 사정을 두지 않는 그의 모습과.

유신운보다 훨씬 높은 직위를 지니고 있음에도 꾸벅 고개를 숙이는 정중한 태도를 높이 샀다.

그러나 유신운은 녀석의 일말의 감정조차 느껴지지 않는

차가운 시선 속에서 한 가지 감정을 엿볼 수 있었다.

그건 바로.

자신을 향한 압도적인 적의였다.

말 그대로 적의 아가리 속에 들어와 있는 것이나 마찬가지였으나.

'뭐, 재밌겠군.'

유신운은 조금도 겁을 먹지 않았다.

'먹잇감들이 알아서 몰려와 주면 나야 고마울 따름이지.'

오히려 이 상황을 즐기고 있는 것처럼 보였다.

그러던 그때였다.

슬며시 당하린이 말을 꺼냈다.

"한데 정말 아무도 내찰당원으로 받지 않으실 생각이십니까?"

그녀의 말에 제갈군 또한 귀를 기울였다.

지원자 전원을 모두 탈락시켜 버린 유신운의 결정은 두 사람조차 전혀 예상하지 못한 것이었기 때문이었다.

유신운의 시선이 탁자에 놓인 서신들로 향했다.

스윽.

그중 유신운이 집어 든 서신은 위무영을 비롯한 해월, 추준경, 고반 등 4인이 내찰당의 지원을 포기한다는 내용이 적힌 것이었다.

"뭐, 걸러야 할 쭉정이들은 제대로 다 걸러진 듯하군."

유신운은 처음부터 그 4인을 자신의 수하로 받아들일 생각이 전혀 없었다.

이유는 간단했다.

'때가 빨라지고 느려지는 것은 있었지만, 대부분의 대형 사고들은 역사대로 일어났다. ……그렇다는 말은 그놈들이 저지를 그 사건도 분명히 일어난다는 뜻이야.'

또 다른 미래에서 그들이 벌인 말이 안 나오는 헛짓거리 때문이었다.

괜히 자신의 휘하의 무사가 되었다가는 그 일의 여파에 자신이 휘말릴 수 있었기에, 거리를 두려고 했거늘.

'알아서 나가 준다니, 고마울 따름이군.'

유신운의 손이 다른 서신으로 향했다. 이어 내용을 살피던 그의 눈빛에 이채가 떠올랐다.

"호오, 나머지 인원들은 전원 재지원인 건가. 이건 생각 외로군."

화산파 파벌을 제외한 나머지 인원들은 전부 재지원을 했다.

"흠, 각자 여러 가지 이유가 있겠지만. 사실 벌써 떠돌기 시작한 말들을 보면, 그들 입장에서도 어쩔 수가 없었을 듯합니다."

반나절에 불과한 시간이었지만, 내찰당의 소문은 매우 광범위하게 엄청난 속도로 퍼져 나갔다.

구파일방과 칠대세가의 자제들이 실력과 자질이 내찰당주의 기준에 미치지 못해 지원에서 떨어졌다.

너무도 충격적인 이야기였기에 파급력은 대단했다.

무림맹을 지탱하는 두 개의 세력은 모든 무림맹 무사들에게 존경과 부러움의 대상이어야 했다.

한데 이렇게 되어 버리면 명문정파의 제자들도 자신들과 똑같이 흠이 있는 이들이었다는 것이 증명되는 셈이었다.

사문과 가문의 명예를 실추시키고, 본인들의 명성과 입지가 추락할 수 있는 탓에 그들은 필사적으로 다시금 지원을 하고 있었던 것이었다.

"일단 그러면 지원자들의 신상과 정보에 대해 다시 짚어 보도록 하지."

"예, 알겠습니다. 일단 가장 눈에 띄는 것은 무당의 태일과 남궁호입니다. 두 사람 전부 구룡의 일원으로 현 무림에서 가장 주목받고 있는 기재들입니다."

무림맹주가 자신의 삼제자를 내찰당에 보내자, 다른 문파와 가문들 또한 눈치를 살피며 뛰어난 자질을 지닌 자제나 높은 항렬의 제자를 보낼 수밖에 없었다.

한데 그중 제갈군의 말처럼 무당파와 남궁세가는 내찰당에 현재 가장 촉망받는 제자와 자식을 보낸 것이 다.

유신운으로서는 고마울 따름이었다.

'……신의 장난처럼 원했던 이들이 상당수 포진해 있어.'

자신에게 온 그들 모두가 또 다른 미래에서 여러 곳에서 꽤나 다양한 활약을 했던 존재들이기 때문이었다.

'뒤늦게 필 재능을 찾아주고, 처한 문제를 해결해 주면 이들의 개화 시기를 내가 앞당겨 줄 수 있다.'

"……다음은 언소소입니다. 진주언가의 막내 공녀로 언가주의 총애를 받고 있지만, 워낙에 천방지축 같은 성격 탓에 가문의 골칫덩이 취급을 받고 있습니다."

무당파의 태일부터 시작한 각 인물들에 대한 제갈군의 설명은 계속해서 이어지고 있었다.

"모용미. 모용세가의 장녀로 빼어난 외모가 사봉(四鳳)에 꼽힐 정도로 유명하지만, 너무나 허약한 몸 탓에 무공의 성취는 그리 높지 않다고 알려졌습니다."

마지막으로 모용미의 차례에 이르렀을 때, 유신운의 표정에 찰나 간 두 사람이 눈치채지 못할 복잡한 감정이 떠올랐다가 이내 사라졌다.

'……역시 그녀군.'

유신운은 그녀를 본 순간, 또 다른 미래의 잔상이 머릿속에 떠올랐다.

─……당신을 증오해요. 절대로…… 잊지 않겠…….

또 다른 미래에서 그가 백안혈마로서 혈겁을 일으켰을 때,

그녀를 포함한 그녀의 가문 모든 이들이 그의 손에 죽음을 맞이했던 것이다.

유신운의 영혼을 그대로 받아들이며, 그 기억들이 자신의 것처럼 선명해졌기에 유신운은 그녀를 보며 마음의 빚을 느끼지 않을 수 없었다.

"……당주님?"

갑자기 유신운이 말이 없자 제갈군이 슬며시 그를 불렀다.

자신을 바라보는 두 수하의 걱정 어린 눈빛을 보며 유신운은 머릿속이 맑아졌다.

'그래, 더 나은 미래로 바꾸면 되는 일이다.'

유신운은 복잡한 심경을 빠르게 정리하고 명령을 하달했다.

"일단 3일 후에 연무장에서 다시 회동을 하는 것으로, 각 파와 세가에 보내 놓도록."

"예, 알겠습니다."

"그리고 내찰당이 조사할 수 있는 영역은 어떻게 되지?"

"지금까지 살펴보았는데 솔직히 말해 볼품없습니다. 그동안 수사를 할 수 있는 영역이 엄청나게 줄어들었습니다. 육당이나 칠대, 오단에 대한 수사는 원칙적으로 불가합니다. 고작해야 외원의 수사만 가능할 듯합니다. 이건 말이 안 됩니다. 맹주님께 권한을 더 달라고 요청을……."

제갈군은 말을 이어 갔지만, 유신운의 귀에는 더 들리지 않았다.

'외원이라.'

외원.

바깥이라는 이름처럼 무림맹의 중요 부서가 아닌 곳들을 통틀어 일컫는 말이었다.

유신운이 제갈군의 말을 끊으며 질문을 건넸다.

"외원에 속한 곳이 정확히 어떻게 되지?"

"아, 예. 맹원들의 식사를 책임지는 식미각이나 군마를 책임지는 병마각, 화탄을 연구하는 폭약각 등등 외적인 부분을 담당하는 육각이 외원으로 불립니다."

'호오.'

육각의 구성을 듣던 유신운이 무슨 이유에선가 작게 미소를 지어 보였다.

"됐네. 외원부터 까 보지."

"……예?"

유신운의 말에 제갈군이 당황을 숨기지 못했다.

"외원을 내찰해도 찾을 것이 있겠습니까?"

당하린이 고개를 갸웃하며 질문하자.

"원래 커다란 눈덩이도 처음에 굴릴 때는 자그마한 법이야."

유신운이 자신만만하게 대답했다.

이른 새벽.

대부분의 이들이 곤히 잠이 들어 있을 이때, 무림맹의 한쪽에서는 뜨거운 열기에 휩싸인 채 눈코 뜰 새 없이 칼을 휘두르는 이들이 있었다.

"단체로 굼벵이를 삶아 먹었나! 왜 이리 움직임들이 굼뜬거냐! 조식 준비가 아직도 안 되어 있으면 어쩌자는 거야!"

각주라는 명칭보다 대숙수라는 이름으로 더 많이 불리는 야율향의 지휘 아래 수많은 숙수들과 보조 숙수들이 진땀을 뻘뻘 흘리고 있었다.

이곳은 다름 아닌 식미각.

외원 6각 중 무림맹에 소속된 모든 무사들의 식사를 책임지는 곳이었다.

곳곳에서 온갖 육두문자가 터져 나오고 있었다.

불과 칼을 다루는 이들의 질서는 여느 문파의 그것과 다르지 않았다.

끼익.

그러던 그때 식미각의 조리원에 들어오는 문이 열렸다.

재료가 들어올 시간은 이미 끝났기에, 숙수들이 고개를 갸웃하며 바라보았다.

식미각원의 복장을 하고 있지 않은 세 남녀의 모습을 확인한 숙수들의 낯빛이 하얗게 질렸다.

조리 시간에는 외부인의 출입을 절대 엄금하는 야율향 때문이었다.

아니나 다를까, 성난 얼굴이 된 야율향이 커다랗게 소리를 질렀다.

"어떤 놈이 함부로 조리원에 들어온⋯⋯!"

한데 무슨 이유에선가 불청객들을 향해 목청을 높이던 야율향이 말을 멈췄다.

'⋯⋯저들이 왜 여기에?'

근래에 무림맹을 시끄럽게 만들었던 장본인.

내찰당주 유신운이 모습을 드러냈다.

"어라? 저자는 분명히⋯⋯."

"내찰당주?"

취임식을 구경을 갔었던 몇몇 숙수들이 유신운을 확인하고는 두 눈을 커다랗게 떴다.

'이놈들이!'

그에 정신을 차린 야율향이 숙수들을 향해 고성을 내질렀다.

"어디다 눈을 돌리나! 외부인에게 신경 끄고 하던 일이나 마저 해!"

"예, 옙!"

야율향은 조리원의 지휘를 부숙수 주맹조에게 맡기고 유

신운에게 터벅터벅 걸어갔다.

"식미각주 야율향이오."

"내찰당주 유신운이다."

두 사람의 눈빛이 허공에서 교차했다.

여유로움이 느껴지는 유신운과 달리 야율향의 눈빛에서는 한눈에도 보아도 불만과 적대감이 가득해 보였다.

"내가 방해를 한 건가?"

"뭐, 괜찮습니다. 얼른 끝내 주기만 해 주십시오."

유신운이 슬며시 말을 꺼내자, 야율향이 건방진 태도로 대답했다.

본래 당주의 직위는 각주의 직위보다 높게 여겨지지만, 내찰당주만은 예외였다.

그동안 권한이 축소되며 급도 같이 떨어져 각주와 비등하게 여겨지고 있었다.

그의 무례한 태도에 제갈군과 당하린이 미간을 찌푸리며 나서려 했지만, 유신운이 슬쩍 손을 들어 그들을 만류했다.

"그거야 지금부터 각주가 얼마나 협조해 주느냐에 따라 달린 문제인 것 같군."

"하아, 식미각에 무슨 파헤칠 거리가 있다고 그러는……!"

또다시 투덜거리던 야율향은 순간 자신을 향해 쏘아지는 유신운의 눈빛을 보고 몸을 움찔했다.

'뭔 놈의 사람 눈빛이…….'

자신의 내부를 훤히 들여다보는 것 같은 유신운의 눈빛을 보고, 야율향은 심연을 떠올렸다.

유신운의 기세에 잔뜩 졸아붙은 야율향이 말을 꺼냈다.

"무, 물어볼 것이 뭡니까!"

"일단 식단 일지부터 가져와 주게."

유신운은 한 치의 망설임도 없이 말했다.

기 싸움에 밀린 야율향이 한숨을 푹 내쉬며 상황을 멍하니 지켜보던 막내 숙수에게 고갯짓했다.

부리나케 뛰어간 막내 숙수가 곧이어 유신운에게 종이뭉치 하나를 건넸다.

'자, 어디 한번 살펴봐 볼까.'

유신운이 요청한 식단 일지에는 지난 석 달 동안 모든 무림맹원들에게 배급된 음식의 종류들이 차례로 상세히 적혀 있었다.

곧이어 유신운이 입을 열었다.

"각 부서마다 조리되는 음식들이 다르고. 육당, 칠대, 오단의 무인들부터는 개인적으로 모두 다른 음식을 주는군."

유신운의 말에 야율향이 살짝 놀랐다. 살짝 훑어보는 듯했던 유신운이 특징을 금세 잡아내었기 때문이었다.

"맞습니다. 저희는 각 무인에게 꼭 필요한 식사를 만들어 배급합니다. 개밥처럼 아무거나 대충 섞어 먹는 사파련 따위는 상상조차 못 할 일이죠. 뛰어난 숙수가 만든 음식은 곧 약입니다."

야율향의 말에 유신운의 입꼬리가 살짝 올라갔다.

"……뭐, 약에도 종류가 많지."

"예?"

"숙수들 중에 무인도 있는가?"

알 수 없는 유신운의 말에 야율향이 되물었지만, 유신운은 별다른 대답 없이 다음 질문으로 넘어갔다.

야율향은 왠지 모를 찜찜함을 느꼈지만, 애써 넘어가며 대답했다.

"……무림인은 일절 뽑지 않습니다. 혹여 맹원과 원한 관계에 있는 이가 각원으로 들어온다면, 조리 도중에 불미스러운 행동을 취할 수 있으니까요."

야율향의 말이 끝나자 유신운이 예의 심연을 떠올리게 하는 눈으로 조리원의 모든 숙수들을 훑어보았다.

"그럼 마지막으로 숙수들을 뽑는 것은 누가 관장하지?"

"……우선적으로 추천을 받은 인물과 지원을 한 이들을 총합한 후에 저와 부숙수 주맹조가 함께 선별합니다."

"그렇군. 협조해 주어 고맙네. 그럼 이제 그만 돌아가 보도록 하지."

"……정말 이게 끝입니까?"

벙찐 표정의 야율향이 두 눈을 끔뻑이며 말을 꺼냈지만.

유신운은 대답도 없이 등을 돌렸다.

예상보다 너무나 싱겁게 끝난 탓에 야율향은 그런 유신운의 뒷모습을 멍하니 지켜보다가, 이내 다시 숙수들에게 열을 내기 시작했다.

들어왔던 문을 향해 걸어 나가던 유신운의 눈에 음식이 담긴 식판을 옮기는 막내 숙수의 모습이 담겼다.

그가 들고 있는 식판에 놓인 자그마한 종이에 '신의각, 위무영'이라 적혀 있었다.

그것을 확인한 유신운이 막내 숙수에게 슬쩍 말을 걸었다.

"이보게."

"예, 예?"

"저기 밥 타겠네."

"헉! 가, 감사합니다."

유신운이 검지로 탄내를 뿜고 있는 커다란 가마솥을 가리키자, 막내 숙수가 들고 있던 식판을 내려놓고 그리로 급히 달려갔다.

그렇게 막내 숙수가 사라지자.

'선물 잘 받으라고, 친구.'

사악한 미소를 지은 유신운이 위무영의 식판 위의 허공에 자신의 손을 가볍게 휘저었다.

그들에게 관심이 모두 사라진 터라, 곁에 있던 당하린과 제갈군을 제외하곤 아무도 눈치채지 못했다.

그렇게 식미각의 문을 열고 바깥으로 나오자, 제갈군이 그제야 걱정스러운 표정을 얼굴에 띠우며 유신운에게 조심스레 말을 건넸다.

"역시 외원에는 별다른 이상이 없나 봅니다."

하지만 그의 말을 들은 유신운의 반응은 전혀 달랐다.

"없기는. 구린 건 이미 다 찾았는데."

유신운의 얼굴에 미소가 떠올라 있었다.

황룡전은 무림맹의 수많은 전각 중 손꼽힐 만큼 화려한 외견을 지니고 있었다.

과하다 싶을 정도로 사치스럽게 꾸며져 있었지만, 그곳을 보며 어떤 무림맹의 무사들도 그리 여기지 않았다.

오히려 항상 부족하다고 여길 정도였다.

그럴 수밖에 없었다.

황룡전은 무림맹을 대표하는 최고의 전투 부대인 황룡위의 숙소였기 때문이었다.

무림맹의 무사들은 황룡전 앞을 지나갈 때면 모두 경외와 존경의 눈빛을 보이곤 했다.

하지만 그런 황룡전의 복도를 한 청년이 씩씩거리며 걷고 있었다. 그의 눈빛에는 이곳에 대한 존경은 조금도 담겨 있지 않았다.

파리한 안색에 배에 붕대를 둘둘 감고 있는 청년의 정체는 다름 아닌 위무영이었다.

　　'빌어먹을 놈이! 나보다 먼저 스승님께 발탁된 것 말고는 잘난 것도 없는 주제에! 감히 사람을 오라 가라야!'

　　사형인 이제자 이세천이 그를 부른 탓에 신의각에서 마지막 식사를 급히 마친 후에 이곳으로 향한 것이었다.

　　이세천의 방 앞에 당도하자 황룡위의 두 무인이 방문을 지키고 서 있었다.

　　위무영과 황룡위 무사 둘의 눈이 마주쳤지만, 그들은 위무영에게 인사하지 않았다.

　　그들이 고개를 숙이는 것은 오로지 맹주와 자신보다 높은 황룡위의 무사뿐이었다.

　　'건방진 놈들!'

　　위무영의 눈에 분노가 치밀어 올랐다.

　　"비켜라."

　　위무영이 짧게 말했지만, 황룡위는 미동조차 없었다. 오히려 그들의 눈빛에는 가소로움이 떠올라 있었다.

　　'분명히 내 기를 꺾겠다고, 이세천 그 속이 시꺼먼 놈이 시킨 것이겠지.'

　　빠득 하고 소리 나게 이를 간 위무영이 자신의 기운을 끌어 올리려던 찰나.

　　"열어 주어라. 내가 불렀다."

방 안에서 이세천의 나지막한 목소리가 들려왔다.

처척. 처척.

이세천의 말 한마디에 황룡위가 가로막고 있던 문에서 비켜섰다.

'조금만 기다려라. 내가 황룡위에 들어가자마자 네놈들을 짓밟아 줄 테니까.'

속으로 앙심을 품으며 위무영이 이세천의 방 안으로 들어섰다.

"……사형을 뵙습니다."

위무영이 마지못해 인사를 하자.

의자에 앉아 책상에 쌓인 서류들을 살피고 있던 이세천이 자리에서 일어났다.

권사라고 보기에는 꽤나 마른 체형인 그는 날카로운 인상과 합쳐져 잘 벼려진 한 자루의 칼 같은 분위기를 풍기고 있었다.

위무영이 배에 두르고 있는 붕대를 확인한 이세천이 말을 꺼냈다.

"그래. 며칠 더 누워 있을 줄 알았더니, 생각보다 튼튼해서 다행이구나."

"……사형께서 아우를 위해 손 속에 사정을 두어 주신 덕분이지요."

마음 같아서는 면전에 욕지거리를 내뱉고 싶었지만, 위무영은 화를 겨우 꾹 참았다.

그들의 관계는 평범한 사제 관계가 아니었다.

담천군의 세 제자는 살수만 쓰지 않을 뿐이지, 지금껏 서로를 적처럼 견제하고 경쟁해 왔다.

그때 이세천은 곧장 본론으로 들어갔다.

"병상을 찾은 스승님께 내찰당의 재지원은 절대 하지 않겠다고 못 박았다지?"

"그렇습니다. 정파인의 자존심도 없이 그따위 비열한 술수나 펼치는 작자에게 배울 것은 조금도 없습니다."

"아쉽구나. 다시 생각해 볼 생각은 없더냐. 분명히 너에게 좋은 경험과 공부가 될 터인데."

"……부족한 경험과 공부는 다른 곳에서 쌓겠습니다."

위무영의 말에 이세천이 진심으로 아쉽다는 듯 말했다.

그러나 위무영은 어디서 개가 짖냐는 표정이었다.

'……뭐, 괜찮으려나. 이 녀석이 없어도 첩자로 쓸 녀석은 이미 침투해 있으니까.'

위무영의 표정을 살피던 이세천은 더 이상 말을 꺼내도 효과가 없으리란 결론을 내렸다.

"그래, 사제의 생각이 그러하다면 나도 더 이상은 말을 꺼내지 않도록 하지."

"……한데 오면서 듣자 하니 내찰당주 그놈이 벌써 움직이기 시작했더군요."

"그렇더냐."

"식미각을 시작으로 육각 전체를 들쑤시고 있는 모양입니다. 조그마한 공이라도 세워 보려 쓸데없는 발악을 하고 있는 것이지요."

유신운을 이야기하는 위무영의 두 눈에 어느새 진득한 살기가 번들거리고 있었다.

"외부인이 그리 나대는 꼴을 가만히 두어서 되겠습니까."

위무영의 말에 이세천이 걱정 어린 표정을 연기하며 말을 꺼냈다.

"사제, 또 맹칙을 어길 생각인가. 이번에는 스승님도 가만히 있지 않을 것이네."

"사형, 맹칙을 어기지 않고 녀석을 꺾어 버릴 방법이 있다면, 저를 도와주시겠습니까?"

"……무슨 말이더냐?"

위무영의 말에 이세천의 눈빛에 이채가 떠올랐다.

사실 이세천도 유신운이 거슬리는 것은 마찬가지였다. 담천군이 네 번째 제자로 삼으려 했던 것이 계속해서 걸렸기 때문이었다.

그러던 그때 위무영이 의기양양한 목소리로 말을 꺼냈다.

"용무가 바쁘신 지라 2달 후에 무엇이 개최되는지, 사형이 잠시 잊으셨나 봅니다."

'아!'

2달 후라는 말을 듣자마자, 위무영의 속내를 알아차린 이세천의 표정에 미소가 감돌았다.

이 천치 같은 놈이 정말이지 오랜만에 쓸 만한 생각을 떠올린 것 같았다.

"후후, 오랜만에 사제와 의기투합할 수 있겠군. 그래, 어디 사제의 계획을 조금 더 자세히 들어 볼까."

"그러니까 제 계획은……."

이세천의 말에 위무영이 당당히 자신의 계획을 쏟아 내려던 그때.

꾸르륵. 꾸륵.

별안간 방 안에 괴상한 소리가 울려 퍼지기 시작했다.

'뭐지?'

이세천이 고개를 갸웃하던 찰나.

"흐읍!"

위무영의 신음이 터져 나왔다.

무슨 이유에선가 갑자기 낯빛이 하얗게 질린 위무영이 불에 구운 오징어처럼 팔다리를 꼬고 있었다.

"크윽! 사, 사형! 그, 급한 사, 사정이 생겨서 이것부터 해결하고 오겠……! 히익!"

어이가 없어 하는 이세천을 뒤로하고 위무영은 뒷간으로 미친 듯이 질주했다.

8장

　식미각을 빠져나온 유신운은 다른 각들을 차례로 방문하였다.

　각주들과 각원들의 반응은 식미각 때와 별반 다르지 않았다.

　유신운의 방문에 그들은 하나같이 탐탁지 않은 반응들을 보이며 모든 일에 비협조적으로 나왔다.

　그에 대한 유신운의 행동 또한 똑같았다.

　유신운은 전혀 아랑곳하지 않고 그들에게 의도를 알 수 없는 질문들을 던지고는 전혀 중요치 않은 듯한 부분만을 살핀 후 각들을 유유히 빠져나왔다.

　'정말 이렇게 해도 되는 건가……?'

그런 탓에 다섯 번째로 방문한 신의각의 문을 닫으며 제갈군과 당하린은 속으로 같은 걱정을 하고 있었다.

외원에 대한 내찰이 아무런 성과 없이 끝을 향해 가고 있는 것 같았기 때문이었다.

하지만 그것도 잠시뿐이었다.

두 사람은 금세 그 걱정을 떨쳐 버렸다.

'에이, 당주님이 어련히 잘하실 것을.'

'아직 나의 부족함 탓에 보지 못하는 것이리라.'

휘파람까지 불며 여유가 넘치는 유신운을 보자, 이내 그의 지금까지의 활약상이 떠오르며 걱정이 사라졌던 것이었다.

그런 찰나 유신운이 슬며시 고개를 돌리며 제갈군에게 말을 꺼냈다.

"우리가 방문해야 할 곳이 한 곳 남아 있지 않던가?"

"아, 예. 이제 충의각(忠意閣)만 남았습니다."

"한데 왜 충의각의 전각은 보이지 않는 거지?"

지금껏 들른 5각의 전각들은 가까이 모여 있었다.

그런데 마지막으로 남은 충의각의 전각은 주변 어디에도 보이지 않았다.

"아, 충의각은 맹성(盟城) 내에 없습니다. 낙양의 외곽으로 빠져나가야 합니다."

"외곽에? 그곳은 왜 혼자 멀리 떨어져 있는 거지?"

"충의각은 업무 특성상 넓은 부지가 필요할 수밖에 없거

든요."

"무슨 일을 하는데?"

"네, 충의각은……."

의아해하는 그에게 제갈군이 마저 대답을 해 준 그 순간.

'오호!'

무슨 이유에선가 유신운의 얼굴이 눈에 띄게 밝아지고 있었다.

그로부터 잠시 후.

해가 뉘엿뉘엿 져 가는 와중에 유신운은 단신으로 낙양의 외곽에 있는 작은 동산을 오르고 있었다.

'저기군.'

마침내 마지막 돌계단을 오른 순간, 먼저 압도적인 길이의 담장이 그의 눈에 들어왔다.

이곳이 바로 충의각이었다.

'저 사람은?'

세월이 느껴지는 정문 앞에서 한 사람이 유신운을 기다리고 있었다.

"오셨습니까."

허리가 굽은 노년의 무인이 지팡이를 짚은 채 그를 반겼다.

　인자한 인상의 노인은 다름 아닌 충의각의 각주, 남무학이
었다.

　유신운이 그를 향해 포권을 하며 정중히 인사했다.

　"처음 뵙겠습니다. 이번에 새로이 내찰당을 맡게 된 유신
운입니다."

　"허허, 소문대로 헌앙한 청년이군요. 자, 차를 준비해 놓
았으니 함께 안으로 드시지요."

　적대적이었던 다른 각주들과 달리 남무학은 사람 좋아 보
이는 미소와 함께 정중히 대했다.

　남무학의 안내에 따라 유신운은 충의각 안으로 들어섰다.

　끼익 소리와 함께 문이 열리자.

　'……!'

　수없이 많은 무덤과 묘비 들이 유신운의 눈에 들어왔다.

　그랬다. 충의각은 죽음을 맞이한 무림맹의 무인들의 사후
를 관리하는 곳이었다.

　유신운이 제갈군과 당하린을 내찰당으로 돌려보낸 이유가
여기에 있었다.

　충의각에서 유신운 자신이 개인적으로 해야 할 일이 너무
나 많을 것 같았기 때문이었다.

　'혈무곡의 2배, 아니 3배에 가깝다. 거기다가 화경의 무인
이 대체 몇 명인지…….'

유신운은 속으로 혀를 내둘렀다.

혈무곡보다 압도적으로 많은 수의 망자들이 충의각 내에 묻혀 있었다.

게다가 잠들어 있는 망자들의 무위 또한 초절정에서 화경까지, 강력한 무인들이 수두룩했다.

망자들이 내뿜는 광채가 유신운의 눈을 현혹하고 있었다.

좌아. 스아아.

한데 그때였다.

느닷없이 모종의 기운이 유신운의 전신을 감돌기 시작했다.

'어라? 이건?'

곧이어 눈앞에 떠오른 무언가를 확인한 유신운의 표정이 사뭇 진지해졌다.

"괜찮으십니까?"

그러던 그때, 남무학이 유신운에게 말을 걸어왔다.

갑자기 걸음을 멈춘 유신운을 그가 옅은 미소와 함께 바라보고 있었다.

"죄송합니다. 영면하신 수많은 선배님들을 뵙고 제가 잠시 딴생각에 잠겨 있었군요."

"죄송할 것이 뭐 있습니까. 선배들을 위해 넋을 기려 주는 것은 칭찬해 마땅한 일이지요."

남무학은 진중한 표정으로 무덤을 바라보던 유신운을 그렇게 착각한 모양이었다.

굳이 변명을 할 필요는 없었기에 유신운은 꾸벅 고개를 숙이고는 이내 남무학과 함께 충의각의 각주실로 들어섰다.

방 안에는 유신운과 그 단둘뿐이었다.

또르르.

남무학이 직접 유신운의 찻잔에 차를 따라 주었다.

"고작해야 이런 대접밖에는 못해 민망할 따름입니다."

"무슨 말씀입니까. 차고 넘치는 융숭한 대접입니다. 그리고 격식 없이 편히 말씀하셔도 됩니다. 당주와 각주이기에 앞서 대선배님이시니까요."

"그리 말해 주니 고맙네."

그렇게 서로 간에 따뜻한 말이 오고 가는 와중에, 유신운의 내찰 또한 금세 끝나 버렸다.

남무학은 조금의 숨김이나 거부감도 없이 모든 일에 협조적으로 나섰다.

각의 일이 떳떳하면 조사에 무슨 거부감이 있겠냐며, 그는 충의각의 장부와 업무 기록 등을 모두 보여 주었다.

몇 번이고 확인했지만 완벽히 깨끗했다.

유신운은 자신이 만난 무림맹의 사람 중 남무학이 가장 청렴한 인물임을 깨달았다.

내찰은 그렇게 일찍 끝나고, 유신운은 남무학과 이런저런 대화를 나누기 시작했다.

"……한데 저희와 마찬가지로 이 넓은 충의각에 각원들이 많지 않군요."

"허허, 어떤 젊은이가 묘지기를 하고 싶겠나. 지원자도 없고 배치가 된다 해도 얼마 지나지 않아 그만두더군. 그 탓에 해마다 운영비가 깎여 이제는 최소한의 인원으로 유지가 되고 있다네."

남무학이 쓴웃음을 지으며 말을 꺼냈다.

이곳에 묻힌 무림맹의 무인들은 거의 전부가 맹을 위해 전장에서 목숨을 바친 이들이었다.

그런 그들의 마지막을 책임지는 곳을 이런 식으로 무례하게 방치하다니.

참으로 씁쓸한 현실이었다.

"한데 돌아가기 전에 충의각에 잠든 선배님들에게 좀 더 감사를 표하다 가고 싶은데, 허락해 주실 수 있으시겠습니까?"

"허허! 내 지금 바로 상시 출입증을 만들어 줄 터이니, 금일부터 언제든지 들러 만족할 때까지 뵙다 가시게나."

유신운의 언변에 넘어간 남무학은 그에게 충의각에 언제든 들어올 수 있는 출입증을 만들어 주었다.

유신운은 고마울 따름이었다.

각주실에서 나온 유신운은 다시금 무덤과 묘비 들이 위치한 밖으로 향했다.

'어디 보자.'

유신운이 기감을 넓게 펼쳤다. 남무학의 지시 때문인지 주변에는 아무도 존재하지 않았다.

　마음이 놓인 유신운이 가운데에 가만히 선 채, 이번에는 주변의 기운에 정신을 집중하기 시작했다.

　스아아. 스아.

　그러자 처음 들어왔을 때 느꼈던 기묘한 기운의 변화가 다시금 감지되기 시작하였다.

　드넓은 충의각의 전체에 깔려 있던 무수한 기운들이 유신운의 발을 타고 올라와 순식간에 몸 전체를 감쌌다.

　그 순간 유신운의 눈앞에 남무학 때문에 애써 무시했던 시스템 메시지가 다시금 떠올랐다.

　[스킬, '진 광라흡원진공'이 발휘됩니다.]

　[스킬, '사기 추출'이 발휘됩니다.]

　[히든 조건을 만족하였습니다.]

　['사기 추출', '진 광라흡원진공' 스킬의 조합으로 히든 효과가 발생합니다.]

　[망자와 비접촉하여도 기운을 흡수할 수 있습니다.]

　[스킬 등급에 해당하는 망자가 사정거리 내에 있다면 망자의 기운을 자동적으로 흡수합니다.]

　[다수의 망자에게서 동시에 기운을 흡수할 수 있습니다.]

　[망자에게서 흡수하는 음의 마나의 양이 대폭 증가합니다.]

[망자에게서 흡수하는 내기의 양이 대폭 증가합니다.]

진 광라흡원진공.

흡정마군의 백골에서 얻었던 마공이 사기 추출과 합쳐져 새로운 상승의 효과를 발휘하고 있었다.

본래 사기 추출을 행하려면 직접 손을 대야 하는 조건이 존재했다.

하나 무덤이나 시신에 손을 대는 행동은 다른 이가 보았을 때, 괜한 오해를 불러일으킬 수 있었다.

그렇기에 항상 유신운은 남들의 눈을 신경 쓰며 몰래 스킬을 시전했었다.

하지만 사기 추출과 진 광라흡원진공이 합쳐지자 그런 제약이 사라져 버렸다.

게다가 다수의 망자에게서 동시에 기운을 흡수할 수 있게끔 되자, 이전과는 비교도 할 수 없을 정도의 속도와 양으로 기운의 흡수가 이루어졌다.

충의각에 잠든 수많은 무인들의 기운이 유신운에게 폭발적으로 쏟아지고 있었다.

그런 찰나 유신운의 눈에 아쉬움이 묻어났다.

'흐음, 마음 같아서는……'

망자들의 무덤을 바라보는 유신운이 입맛을 다시고 있었다.

지금 당장 스켈레톤을 일으키고 싶었지만, 지금은 때가 아니었다. 다른 이들의 눈을 속일 방법이 마땅치 않았다.

　진법을 사용하면 쉽지만, 아쉽게도 자신의 취임식 이후 맹내에 진법의 사용이 엄격히 금지되었다.

　'그렇다고 방법이 아예 없는 건 아니지만······.'

　이어 유신운의 머릿속에 맹이 충격에 휩싸일 다른 방법이 하나 떠올랐지만, 지금으로선 실현이 불가능했다.

　그렇기에 그는 소환수를 추가하는 것은 조금 후로 미루기로 하고.

　'그래, 일단은 기운부터 뽑아 가자고.'

　그동안 많이 소진했던 기운들을 가득히 보충하는 데에 온 신경을 쓰기 시작했다.

　그로부터 며칠 후.

　내찰당의 연무장에 또 한번 사람들이 몰려 있었다.

　그들의 정체는 다름 아닌 유신운의 취임식에서 볼썽사납게 떨어졌던 구파일방과 칠대세가의 제자들과 자제들이었다.

　오늘은 유신운에 의해 내찰당의 재입당 시험이 치러지는 날이었다.

　'하아, 내가 대체 왜······.'

'젠장, 방심만 안 했더라도.'

'똥을 밟아도 아주 질펀하게 밟아 버렸어.'

그들은 하나같이 불만이 가득한 표정을 짓고 있었다. 그들 중 어느 누구도 자신의 뜻으로 이곳에 온 이가 없었다.

─사문의 명예를 거름통에 빠뜨릴 셈이냐!

─내찰당원으로 뽑히기 전까지는 돌아올 생각 말거라!

충격적인 전원 탈락의 여파로 무림맹 하급 무사들까지 그들을 비웃기 시작하자, 사문과 가문의 존장들이 그들에게 대노하며 저런 말들을 꺼냈기 때문에 어쩔 수 없이 다시금 온 것이었다.

항상 사문의 기대와 총애를 한 몸에 받았던 그들은 이 상황이 도저히 이해가 가지 않았다.

그렇게 시간만 하염없이 흘러가던 찰나.

터벅터벅.

내찰원 안에서 발소리가 들려오기 시작했다.

처척!

그러자 짝다리를 짚는 등 건방지게 서 있던 그들이 언제 그랬냐는 듯 하나같이 자세를 똑바로 고쳐 잡았다.

"모두 모였군."

나지막한 한마디 말과 함께 내찰원 안에서 유신운이 당하린과 제갈군을 대동하고 그들 앞에 모습을 드러내었다.

'……뭐지?'

'며칠 만에 무슨 일이 있었기에…….'

유신운을 본 순간, 그들의 눈동자에 당혹감이 떠올랐다.

유신운의 전신에서 흘러넘치는 기운이 눈에 띄게 폭증하여 있었기 때문이었다.

하지만 유신운은 그들이 자신을 그런 식으로 보건 말건 신경도 쓰지 않고 있었다.

그의 머릿속에는 온통.

'이 잡놈들을 어떻게 굴려야 잘 굴렸다고 소문이 날까?'

그들을 지옥까지 굴릴 생각밖에 없었기 때문이었다.

"네놈들은 허울만 멀쩡한 가짜 무인들이다."

그것이 유신운이 10명의 후기지수들에게 꺼낸 첫마디였다.

자신들의 근간을 매도하는 유신운의 폭언에 후기지수들은 속으로 울화가 치밀어 올랐지만, 존장들의 당부를 되새기며 애써 표정을 관리했다.

하나 그들이 그러거나 말거나 전혀 신경 쓰지 않으며, 유신운은 제 말을 이어 나갔다.

"나는 가짜 무인을 내 수하로 들이고 싶은 생각이 전혀 없다. 하지만 이 무림맹에 제대로 된 무인의 수가 적은 것 또한 피할 수 없는 사실이더군. 그래서 고민 끝에 결정했다."

과연 자신들은 어떻게 되는 것일까.

후기지수들의 시선이 모두 유신운의 입으로 향했다.

그러던 그때, 유신운이 그들로선 전혀 예상치 못한 말을 내뱉었다.

"부족한 네놈들을 한번 고쳐 써 보기로 말이다. 축하한다. 금일로 너희들은 내찰당의 보결당원이 되었다."

'……보결이라고?'

유신운의 말에 후기지수들의 표정이 당혹감으로 물들었다.

그럴 만도 했다.

보결이라니.

평생을 사문의 촉망받는 기대주로 살아온 그들 중 어느 누가 이런 취급을 받아 보았겠는가.

'전 보결'이었던 당하린만이 그들의 심정을 조금이나마 이해하는 표정을 짓고 있었다.

그런 찰나.

쐐애액!

"웃!"

"헙!"

유신운이 그들 모두에게 품속에서 꺼낸 무언가를 비수처럼 날렸다.

후기지수들이 신음을 흘리며 날아오는 물건을 겨우 받아

내었다.

'이건?'

소림의 덕광이 확인하자 손바닥만 한 크기의 목패였다. 목패의 가운데에는 글귀가 적혀 있었다.

글귀를 확인한 덕광의 표정이 무슨 이유에선가 와락 찌푸려졌다.

-내찰당 보결당원, 독두(禿頭)

목패는 다름 아닌 소속과 이름이 적힌 명패였다.

하지만 10개 패 모두 그들의 본디 이름이 아닌 그들의 특징에서 비롯된 다분히 모욕적인 단어들이 적혀 있었다.

독두, 곧 대머리를 뜻했다.

"지금부터 네놈들의 이름을 뺏겠다. 목패에 적힌 것이 현 시점부로 너희들의 이름이 될 것이다. 네놈들이 진짜 무인이 되고 함께 하나가 되는 순간, 너희들은 진짜 이름을 찾게 될 것이다."

아니, 아무리 그래도 이름을 이따위로 짓나.

후기지수들이 모욕감에 항의를 하려 했지만, 유신운은 아랑곳 않고 다음 사안을 발표했다.

"10명의 인원을 2개 조로 나누겠다. 호명한 인원은 조에 맞추어 일렬로 서도록."

다음으로 유신운은 10명의 후기지수들을 5명씩 1조로 나누었다.

잠시 후, 편성된 대로 맞춰 선 후기지수들은 다른 조원들을 보고 당황한 기색이 역력했다.

그때 팽승구가 슬며시 유신운에게 말을 꺼냈다.

"……정녕 이렇게 조를 짠단 말입니까?"

"왜 실눈, 무슨 문제 있나?"

"아, 아니…… 문제는 아니지만."

팽승구가 난처함을 표하며 연신 자신의 애채를 어루만졌다.

후기지수들의 당황의 원인은 유신운이 구파일방과 칠대세가의 제자들을 뒤죽박죽 섞어 버린 것에 있었다.

어느 순간부터 무림맹은 같은 당에 소속이 되어 있더라도 세부적으로 조를 짤 때는 구파일방과 칠대세가의 인원들을 구별하여 짜는 것이 암묵적인 규칙이었기 때문이었다.

"서로를 향한 견제 같은 한심한 짓거리는 네놈들의 윗대가리들에서 끝내라. 너희들은 지금부터 같은 조원이다. 좋으나 싫으나 끊을 수 없는 끈으로 묶인 동료가 되었다는 것이다. 그것을 머리에 새기도록."

하지만 유신운의 말에도 후기지수들은 모두 떨떠름한 표정이었다.

너무도 긴 세월 동안 수없이 반목해 온 그들에게는 아직 서로가 꺾어야 할 경쟁 상대로 보일 뿐, 결코 동료로 보이지 않았던 것이다.

'뭐, 얼마나 가나 보겠다.'

유신운은 그 모습을 보며 비소를 지어 보였다.

"자, 그럼 훈련을 시작하겠다."

유신운은 그렇게 말하며 뒤에 서 있던 당하린과 제갈군에게 슬머시 고갯짓을 했다.

당하린과 제갈군이 신속하게 움직이기 시작했다.

후기지수들의 표정은 자신만만하기 그지없었다.

유신운이 어떤 훈련을 준비했더라도 완벽한 모습을 보여 줄 자신감이 있었기 때문이었다.

화륵.

여유가 넘치는 그들의 곁을 지나친 당하린은 직사각형 형태인 연무장의 네 모퉁이에 정체를 알 수 없는 초를 피우기 시작했다.

빠르게 초가 타오르며 감미로운 향기가 연무장에 퍼졌다.

후기지수들이 꺼림칙한 느낌을 숨기지 못하던 그때.

"잠깐! 이건!"

"헙!"

몸의 이상을 파악한 후기지수들이 하나둘씩 신음을 토해 냈다.

"사, 산공독이다!"

"……진기가 완전히 사라졌어."

그랬다. 그들의 몸에 내기가 한 움큼도 남지 않고 완전히 흩어져 있었다.

당하린이 켠 초에 산공독의 성분이 담겨 있던 것이다.

후기지수들이 난리를 치는 모습을 한심하게 바라보며 유신운이 혀를 찼다.

"쯔쯔, 그리 유난 떨 필요 없다. 흑사비럼의 독으로 만든 평범한 산공독일 뿐이니. 2시진 정도 지나면 알아서 해독될 거다."

흑사비럼.

그 맹충의 독을 어찌 당하린이 지니고 있단 말인가.

"너희들은 무공의 증진에만 너무 매몰되어 있다. 뿌리에 물을 줄 생각은 않고, 열매만 따먹으려는 꼴이지. 뿌리가 썩은 나무는 언제 쓰러져도 이상하지 않다. 고로 오늘부터 치러질 모든 훈련에서 너희들은 한 줌의 내기도 사용할 수 없을 것이다."

무공의 단련에만 모든 힘을 쏟아 온 그들로서는 유신운의 말을 전혀 받아들일 수 없었다.

"얼토당토않은……!"

"받아들일 수 없습……!"

꼬마, 언소소와 설녀, 모용미가 유신운의 말에 반박을 하던 찰나.

쿠웅!

거대한 소음이 터져 나왔다.

깜짝 놀란 후기지수의 시선이 소음의 근원지로 향했다.

제갈군이 끙끙거리며 들고 온 함에서 수십 개의 철환이 연무장 바닥으로 쏟아졌다.

"모두 양 손목과 발목에 하나씩 끼도록."

잔뜩 금이 간 연무장 바닥을 입을 쩍 벌리고 바라보고 있는 후기지수들에게 유신운이 감정 없는 목소리로 말했다.

자신들이 당황한 모습을 보였다는 것에 창피를 느낀 그들이 표정 관리를 하고, 당당하게 걸어 가 철환을 집어 들었다.

"끄헉!"

"흐읍!"

그리고 두 눈이 커다랗게 커졌다.

철환의 크기가 그리 크지 않았음에도 불구하고 엄청난 무게가 느껴졌기 때문이었다.

유신운이 백이랑에게 특별히 부탁해 묵린철(墨麟鐵)로 만든 철환은 엄청난 무게를 자랑했다.

억지로 어떻게든 철환을 착용한 후기지수들은 팔다리가 빠질 것만 같았다.

진기가 하나도 없는 몸으로는 철환을 지탱하는 것만으로도 버거웠다.

'이건 그냥 우리를 괴롭히고 망신을 주기 위한 것이 목적

인 훈련이다.'

이런 상황에서 후기지수들의 마음속에 드는 생각은 하나뿐이었다.

그들은 유신운이 자신들을 골탕 먹이기 위해 말도 안 되는 훈련을 계획했다고 생각하고는 이내 불만을 표출했다.

"당주님, 아예 실현이 불가능한 훈련을 가져오면 어떻게 합니까!"

"진기가 하나도 없이 이런 걸 끼고 움직일 수 있는 자가 어디에 있겠습니까."

"맞아요. 이건 그저 저희에게 망신을⋯⋯!"

하지만 언소소는 마지막 말을 제대로 끝마치지 못했다.

그들의 칭얼거림을 듣고 있던 유신운이 말없이 자신의 소매를 걷어붙이자.

'⋯⋯말도 안 돼!'

그들의 것과 똑같은 철환이 무려 3개나 손목에 채워져 있었기 때문이었다.

유신운은 양 손목과 발목에 후기지수들의 3배에 해당하는 철환을 두르고 있었다.

후기지수들 모두가 할 말을 잃은 그때, 유신운이 너무나도 가벼운 몸놀림으로 그들에게 다가가기 시작했다.

그러곤 잔뜩 화가 난 얼굴로 일갈을 토해 냈다.

"자, 보아라! 네놈들과 똑같이 독을 맡았고, 똑같은 철환

을 수 배는 더 몸에 둘렀다! 시작도 하기 전에 포기부터 하는
건 대체 어디서 배운 버릇이냐!"

유신운의 말에 후기지수들은 얼굴이 화끈 달아올랐다.

입이 두 개라도 할 말이 없었다.

그의 말에 틀린 것이 하나도 없었다.

유신운은 정말로 자신들보다 훨씬 힘든 상황에서 아무렇
지 않게 움직이고 있었기 때문이었다.

"첫날은 가볍게 다루려 했는데, 도저히 안 되겠군. 네놈들
은 다른 교육부터 먼저 시작해 줘야겠어."

연무장 위로 올라온 유신운이 북해의 한설처럼 차가운 목
소리로 말을 꺼냈다.

"전원 대가리 박아."

"예?"

뭘 박으라고?

유신운의 말을 이해 못 한 조원들이 두 눈만 끔뻑였다.

그러자.

후욱! 퍽!

"크억!"

유신운이 가장 가까이에 있던 투계, 남궁호의 복부를 그대
로 후려쳤다.

배를 움켜쥐고 바닥에 엎어진 그에게 제갈군이 슬며시 다
가가 자세를 교정해 주었다.

'저게 뭐야…… 무서워.'

'아, 아미타불.'

형벌에 가까운 그 모습에 모두의 얼굴에 공포가 내려앉았다.

그러나 유신운은 조금도 물러서지 않았다.

"뭐 해? 네놈들은 안 박아?"

"바, 박습니다!"

그 모습을 바라보던 후기지수들이 하나둘씩 남궁호를 따라 연무당 바닥에 제 머리를 박기 시작했다.

"네놈들 모두 정신교육부터 다시 시작하자고."

끙끙거리며 신음을 토해 내는 어린 양들을 보며.

'반으로 죽여 주마.'

유신운이 지옥의 마귀를 떠올리게 하는 표정으로 미소를 짓고 있었다.

⌒

그로부터 잠시 후.

정신교육을 마친 내찰당의 1조와 2조는 충의각으로 오르는 산길을 타고 있었다.

"끄흑!"

"크학!"

물론 평범한 산행은 아니었다.

눈에 띄게 파리해진 안색의 그들은 손발을 덜덜 떨며 산을 오르고 있었다.

각 조원들은 물을 잔뜩 먹인 커다란 통나무를 함께 어깨에 짊어지고 언덕을 오르고 있었다.

평상시라면 신법을 발휘해 정상까지 땀 한 방울 흘리지 않고 당도하였을 그들이었지만.

'사, 살려 줘.'

'으어어!'

양손과 양발에 달린 철환의 무게는 시간이 아무리 지나도 도저히 익숙해지지 않았다.

"도, 도저히 못 가겠어."

그러던 찰나.

송충이눈썹, 청성의 섭웅이 걸음을 멈춰 세웠다.

1조원 중 가장 키가 큰 섭웅은 그만큼 많은 무게를 견디고 있었다.

그러자 같은 1조원 4명의 낯빛이 하얗게 질렸다.

─어쭈, 조원을 버려?

산길을 오르며 조가 멈추어 설 때마다, 유신운은 그 말과 함께 다른 조원들까지 모두 평생 듣도 보도 못한 끔찍한 벌을 내렸다.

벌을 다시 받을 생각을 하니, 조원들 모두 등 뒤로 식은땀
이 흘러내렸다.

이제야 정상이 조금씩 보이고 있는데, 여기서 또다시 벌을
받을 수는 없었다.

"안 돼, 안 돼! 힘내라! 나에게 칠대세가의 기상을 보여
줘!"

"그래, 송충아. 청성의 연습 벌레가 여기서 포기하면 되겠
냐!"

"시주님, 제 잔뜩 까진 정수리를 보십시오. 짱돌이 가득한
이 산길에서 또다시 머리를 박을 수는 없습니다!"

하지만 그들의 애타는 외침에도 체력이 완전히 방전된 섭
웅의 팔은 통나무에서 점점 내려가고 있었다.

"……죄송합니다. 전 여기까지…… 뒤를 부탁……."

철퍼덕.

결국 그렇게 서글픈 한마디 말과 함께 섭웅의 몸이 땅바닥
에 쓰러졌다.

"아, 안 돼─!"

우당탕.

그렇게 균형이 무너지자 1조원들 모두가 통나무를 놓치며
바닥에 엎어졌다.

'×됐다.'

스으으.

덜덜 떠는 그들의 등 뒤로 차가운 한기가 느껴졌다.

"이 동료애 없는 놈들 보게."

어느새 다가온 유신운이 뚜둑 소리를 내며 손을 풀고 있었
다.

⌄

유신운이 후기지수들을 보결 당원으로 받아들인 지도 어
느새 달포(30일)라는 시간이 흘렀다.

"아이고, 삭신이야."

"아이고, 두야."

하남 평정산(平頂山)의 깊은 산중에서 신음이 끊이지 않고
흘러나오고 있었다. 야심한 밤에 험한 산을 오르고 있는 내
찰당 1조원 5명이 내는 소리였다.

그때 앞장서서 걷던 투계, 남궁호가 깊은 한숨을 내쉬며
말을 꺼냈다.

"하아, 며칠 간 훈련을 쉰다길래…… 오랜만에 꿀 같은 휴
식을 좀 즐길 수 있을까 했더니. 이게 뭔 고생이냐고, 대체!"

남궁호의 말에 뒤따르던 네 사람이 동시에 고개를 끄덕였
다.

–뭐, 휴식? 이것들이 단체로 웬 개 풀 뜯어먹는 소리를 하고 있어. 훈련을 안 하면 일을 할 생각을 해야지. 아직 정신을 못 차렸구먼.

며칠 전, 유신운은 그들에게 첫 임무를 내렸다.

그리고 그것을 수행하기 위해 그들은 지금 이 깊은 산속을 헤매고 있는 것이었다.

"으아! 그놈은 또 하필이면 왜 이런 데가 고향이냐고."

"……동감이다."

"퉤퉤! 아오, 또 가짜 수염이 입에 들어갔네."

팽승구가 나지막하게 대답을 했고, 섭웅은 입속에 들어간 수염을 연신 뱉었다.

그러던 그때 잠만 잔다고 강시라는 이름을 받은 개방의 경초방이 슬며시 말을 꺼냈다.

"한데 갑자기 이자는 왜 조사를 하라는 거지?"

유신운은 그들에게 임무의 목적과 의도에 대해 제대로 설명해 주지 않았다.

그들에게는 아직 알 것 없다며, 보결은 그저 시키는 것만 하라는 말만 덧붙일 뿐이었다.

"휴우, 낸들 아냐. 당주 말대로 까라니까 까러 온 거지."

남궁호가 또다시 한숨을 내뱉으며 대답했다. 내찰당에 들어온 후, 그는 한숨만 느는 것 같았다.

그때 덕광이 너털웃음과 함께 조원들에게 말을 꺼냈다.

"허허! 시주들, 모두 이 산중의 청량한 공기를 들이마시며 마음을 편안히 다스리시지요. 당주님도 다 뜻이 있지 않겠습니까."

영 어색하게 쓰고 있는 가발을 매만지며 말하는 덕광에게 다른 4명의 시선이 동시에 향했다.

'독두, 저 자존심도 없는 놈!'

'당주의 애완 강아지 녀석!'

'망할 대머리!'

유일하게 유신운을 비호하는 덕광을 바라보는 그들의 눈빛은 얄미움으로 가득 차 있었다.

생지옥 같았던 달포의 훈련 기간 동안, 덕광은 나름의 생존방식을 터득했다.

―어쭈! 독두, 너는 좀 제대로 한다?

―헤헤, 피가 되고 살이 되는 당주님의 교육을 어찌 가벼이 배울 수 있겠습니까.

……그건 바로 유신운을 향한 무조건적인 충성이었다.

덕광은 아직까지도 일말의 자존심은 지키고 있는 나머지 조원들과 달리 대놓고 유신운에게 백기투항을 한 상태였다.

그렇게 유신운의 총애를 한 몸에 받은 덕에 덕광은 여러 훈련에서 가장 많은 휴식을 취할 수 있었고.

그 까닭에 조원들은 부러움과 얄미움이 뒤섞인 복잡한 심정을 지니고 있었다.

"휴, 나도 2조처럼 마차 타고 편히 이동하고 싶었는데. 독두, 넌 소림의 공부가 오감을 극도로 발달시켜 줬다며! 맨날 자랑을 그리하더니, 어째 제비뽑기 하나를 제대로 못 뽑냐."

"……아니, 투계 시주. 어찌 그리 섭섭하게 말을 하십니까. 전 안력이 좋을 뿐이지. 천안통을 지니고 있는 것이 아닙니다."

남궁호가 덕광을 괜히 트집을 잡자 나머지 세 사람이 각자 말을 더했다.

"변명하기는."

"자기만 믿으라고 하더니."

"저러니까 머리가 빠지지."

"마지막 누굽니까! 난 빠진 게 아니라 민 것이라 하지 않았습니까!"

투닥거리는 말소리가 점점 커지던 그때였다.

"거 뉘시오?"

어둠이 깔린 산속에서 노쇠한 목소리가 들려왔다.

그에 서로 목소리를 높이던 조원들의 기도가 눈 깜짝할 사이에 다른 사람처럼 바뀌었다.

그들은 재빨리 서로 눈빛을 교환하며 조심스레 검파에 손을 올렸다. 혹시 모를 사태에 대비하는 것이었다.

그런 찰나 임시 조장을 맡고 있던 덕광이 말을 꺼냈다.

"길을 몰라 산속을 헤매고 있는 객들입니다. 혹 노인장께서 저희를 좀 도와주실 수 있으신지요?"

덕광의 말에 잠시 사위가 조용해졌다가 예의 목소리가 다시금 들려왔다.

"……잠시만 기다리시오."

이윽고 우거진 수풀을 헤치고 등이 굽은 노인 한 명이 모습을 드러냈다. 조원들을 경계 어린 눈빛으로 바라보던 노인이 슬며시 말을 꺼냈다.

"이 근방에는 내가 사는 석화촌(石花村)밖에는 없는데. 외지인들께서는 어쩐 일로 오신 것이오?"

석화촌이라는 말에 조원들의 얼굴에 화색이 돌았다. 그곳이 바로 자신들의 목적지였기 때문이었다.

덕광이 미리 준비해 놓은 답변을 꺼냈다.

"아, 이곳에 살고 있다는 먼 친척을 만나러 왔습니다."

"……우리 마을에 사는 친척이 있다고?"

"아, 예. 한 30년을 넘게 살고 있다고……."

한데 덕광의 말에 노인은 묘한 반응을 보였다.

한참을 말없이 자신들을 바라보며 뜸을 들이는 노인에 덕광과 조원들은 당혹감을 숨기지 못했다.

그러던 그때 노인이 작게 고개를 가로저으며 말을 꺼냈다.

"……너무 늦게 오셨군."

"예?"

의미를 알 수 없는 노인의 말에 후기지수들은 의아할 따름
이었다.

"밤길이 어두우니 잘 따라오시오."

그러나 노인은 아무런 말없이 자신이 내려온 곳이 아닌 다
른 곳으로 그들을 안내하기 시작했다.

'뭐야, 이거?'

그런 노인의 뒷모습을 보며 조원들은 빠르게 어찌해야 하
나 의견을 교환했다.

그러나 할 수 있는 행동은 하나뿐이었다.

기묘한 느낌을 느끼며 조원들이 노인의 뒤를 따르기 시작
했다.

같은 시각.

내찰당의 2조원들은 산중이 아닌 개봉(開封)의 가장 큰 의
방에 자리하고 있었다.

의방의 대기실에 다섯 조원 모두가 앉아 있었다. 그들은
철저히 변장을 한 1조원들과는 달리 평상시의 모습과 별반
다르지 않았다.

"조금만 기다려 주십시오."

깔끔한 복식을 하고 있는 의원이 무당의 태일에게 꾸벅 고개를 숙이며 말했다.

그에 태일은 유신운이 붙인 냉면(冷面)이라는 새로운 이름처럼 아무런 감정이 느껴지지 않는 무표정으로 고개를 끄덕였다.

그 후 팔짱을 끼며 말없이 눈을 감는 태일을 조용히 지켜보던 언소소가 곁에 앉아 있는 모용미의 귓가에 속삭였다.

"언니, 진짜 당주가 별칭 하나는 잘 지었다니까요. 저 작자는 정말 표정이란 게 없는 것 같아요."

"……소소야, 괜히 다툼이 될 만한 이야기는 하지 말렴."

"에잉! 제가 틀린 말을 한 것도 아닌데요, 뭘. 저기 정현 님도 그렇게 생각하지 않나요?"

"네, 네? 아, 저, 저는 잘 모르겠습니다."

꼬마라는 별칭처럼 작은 체구를 지닌 언소소에게 곤륜의 정현은 진땀을 뻘뻘 흘리며 연신 쩔쩔맸다.

소심이라는 별칭처럼 무척이나 심약한 모습이었다.

그의 옆에 있는 뚱보, 황보동은 자신에게 화살이 날아올까 창밖의 먼 산을 보며 딴청을 피우는 중이었다.

타고난 장난꾸러기인 언소소는 2조에서 천방지축으로 날뛰고 있었다.

한데 그때 한참을 정현을 놀려 먹고 있던 언소소가 슬며시 모용미를 바라보았다.

"근데 언니, 저 언니한테 물어보고 싶은 게 있어요."

"으응?"

언소소의 사뭇 진지한 표정에 모용미는 두 눈을 끔뻑였다.

그 모습에 주변에서 힐끔힐끔 그녀를 바라보던 환자들이 짧은 탄성을 내질렀다.

사봉에 꼽히는 그녀의 아름다움은 마치 이 세상의 것이 아닌 듯했다.

그런 찰나 언소소의 표정이 다시금 예의 장난꾸러기로 돌아갔다. 그녀가 히죽히죽 웃으며 말을 꺼냈다.

"헤헤, 제가 달포 간 쭉 살펴보니까요. 당주님이 언니한테는 유독 모질게 못 하시던데, 그 이유가 혹시 뭔가 해서요."

"……얘는 무슨 말을 하는 거니."

얼음장 같던 모용미의 얼굴에 처음으로 당황의 감정이 떠올랐다.

그녀는 언소소에게 말도 안 되는 이야기라 연이어 부정했지만, 사실 언소소의 이야기는 그녀도 조금은 느끼고 있던 것이었다.

유신운은 달포 간 당원들을 정말 속된 말로 쥐 잡듯이 잡았다. 매일 평생 처음 보는 고된 훈련과 벌을 받아야 했다.

한데 그 훈련 속에서 당원들이 느끼기에 당주가 주는 벌의 경중이 확연히 차이가 나는 두 사람이 있었다.

그건 바로 덕광과 자신이었다.

'……근데 정말 당주님은 왜 나를 신경 써 주시는 걸까.'

그녀는 의아할 따름이었다.

덕광은 대놓고 유신운에게 아부를 하고 있었지만, 자신은 어떠한 행동이나 말도 취하지 않았기 때문이었다.

'……다른 이들이 보내는 눈빛과는 분명히 달라.'

제 입으로 말하기는 민망하지만, 그녀는 남자들에게서 자신을 향한 호감이 담긴 눈빛을 너무도 많이 받아 보았다.

그렇기에 유신운의 눈빛이 그런 의미였다면, 그녀는 쉽게 구별할 수 있었을 터였다.

하지만 유신운의 눈빛은 전혀 다른 감정을 담고 있었다.

'……그건 분명히 미안함이었어.'

그녀가 복잡한 생각을 정리하던 찰나.

"이제 들어가시면 됩니다."

어느새 의원이 다가와 그들에게 말을 꺼내고 있었다.

'언젠가 알 수 있겠지.'

그 후 그녀를 포함한 조원 5명이 의방의 가장 큰 방으로 걸음을 옮기기 시작했다.

방 안으로 들어서자 아직 나가지 않은 환자와 눈처럼 하얀 백발과 수염을 지닌 노년의 의원이 대화를 나누고 있었다.

"아이고, 의원님! 정말로 감사합니다. 그럼 다음에 또 찾아뵙겠습니다요."

"허허, 큰일 날 소리를. 날 절대 안 찾아오는 것이 도와주는 것이야."

인자한 미소를 지어 보인 의원에게 환자는 연신 고개를 꾸벅이다가 방을 나갔다.

"그래, 다음 분은 어디가 불편해서 오셨는……."

따뜻함이 담겨 있던 의원의 눈빛이 내찰당의 조원들을 보고는 순식간에 차갑게 식었다.

"후우, 무림맹 네놈들은 정말 지치지도 않는군. 이 뒷방 늙은이를 또 무슨 일로 귀찮게 하러 찾아온 것이더냐."

겁도 없이 무림맹을 깎아 내리는 노인이었지만, 조원들은 기분이 나쁜 티를 낼 수 없었다.

그도 그럴 것이 눈앞의 노인이 다름 아닌 강호 최고의 의원이라 불리는 백수신의(白手神醫) 유의태였기 때문이었다.

"늦은 시간에 찾아뵈어 송구합니다. 많은 시간을 뺏지는 않을 것이니 부디 조금만 협조를 해 주십시오."

"흥, 헛소리. 또 무슨 귀찮은 일에 나를 써먹으려고."

대놓고 코웃음을 치는 유의태에게 태일이 품속에서 조심스레 무언가를 꺼내어 건넸다.

"내찰당주님의 서신입니다."

"……내찰당주?"

내찰당주라는 말에 유의태의 눈에 이채가 떠올랐다.

그는 유신운을 이미 알고 있었다.

'도진우의 주인이 나를 왜?'

몇 년 전, 도진우가 독기로 힘들어할 때 진료를 해 주었던 것이 유의태였기 때문이었다.

그는 과거에 큰 도움을 받았던 도진우를 치료해 주지 못했던 것에 큰 미안함을 지니고 있었다.

그래서 대신 치료를 해 준 유신운에게 큰 고마움과 동시에 흥미를 지녔던 것이다.

원래라면 서신을 내팽개치고 쫓아낼 생각이던 유의태는 서신을 집어 들었다.

스윽.

그러곤 서신을 펼쳐 내용을 읽어 내려가기 시작했다.

한데 그때였다.

"……이건!"

무슨 이유에선가 서신을 읽어 내려가던 백수신의의 눈빛이 경악으로 물들기 시작했다.

갑작스러운 백수신의의 반응에 당황한 것은 조원들이었다. 그들은 유신운에게서 서신을 받기만 했을 뿐 내용을 몰랐기 때문이었다.

침묵이 길어지던 그때, 심각하기 그지없는 표정으로 유의태가 밖을 향해 소리쳤다.

"……말을 준비하거라. 지금 즉시 무림맹으로 갈 것이다."

내찰당원들이 백수신의와 함께 무림맹에 돌아온 것은 무림맹도들에게 큰 화제가 되었다.

　과거의 일들 때문에 무림맹의 일에 전혀 관여하지 않겠다고 선언했던 백수신의였기 때문이었다.

　이때다 싶었던 수많은 맹의 고위 인사들이 유의태를 만나려 했다.

　하지만 무슨 이유에선가 유의태는 무림맹에 입성한 후, 자신을 부른 유신운을 제외하고는 그 누구도 만나 주지 않았다.

　유의태는 무림맹에 오자마자 내찰원에 들어간 뒤 며칠이 지나도록 나오지 않고 있었다.

　그렇게 어느새 내찰당의 1조원들마저 무림맹으로 복귀한 오늘.

　또다시 무림맹에 거센 풍파가 몰아치려 하고 있었다.

　"꼭두새벽부터 이 무슨 해괴한 일이란 말이오."

　아직 동도 트지 않은 이른 새벽부터 내찰원에서 고성이 터져 나왔다.

　식미각주 야율향이 목에 핏대를 세우고 씩씩거리며 소리를 지르고 있는 것이다.

　그런 야율향의 시선에 상석에 앉은 유신운과 일렬로 도열

한 내찰당원들, 그리고 유의태가 담겼다.

"서둘러 조식을 준비해야 하건만, 이유도 말해 주지 않고 무작정 오라니! 이것이 횡포가 아니고 무엇이란 말이오!"

부숙수 주맹조가 옆에서 말리지 않았다면, 야율향은 당장에라도 육두문자를 내뱉을 기세였다.

한데 그럴 만도 했다.

꼭두새벽부터 들이닥친 내찰당원들에게 영문도 모르고 끌려왔기 때문이었다.

하지만 유신운은 그가 흥분을 하거나 말거나 얼음장처럼 차갑게 식은 눈빛으로 그를 바라볼 뿐이었다.

그러던 그때였다.

쿠구궁!

지진이라도 난 것처럼 내찰원의 문이 거세게 흔들렸다.

"이 시건방진—!"

그러곤 일갈과 함께 내찰원의 문이 다시금 활짝 열렸다.

당장이라도 터질 것처럼 붉게 물든 얼굴의 천강진인이 기운을 폭사하며 안으로 들어오고 있었다.

그는 내찰원에 들어서자마자 유신운을 향해 살기 어린 눈빛을 쏘았다.

"이 천지 분간 못 하는 놈이! 내가 네놈이 부른다고 오고, 가란다고 가는 존재인 줄 아느냐!"

하나 그의 폭언에도 유신운은 코웃음을 치며 말했다.

"잘만 와 놓고 말이 많군."

"뭣이 어째?"

유신운의 반응에 화가 더 치밀어 오른 천강진인은 화살을 내찰당원들에게로 돌렸다.

"이잇! 네놈들은 대체 무엇을 하고 있는 것이냐! 당주가 미친 짓거리를 하려고 하면, 수하들이 먼저 뜯어 말려야 할 것 아니냐!"

하지만 무언가 이상했다.

'……뭐야, 이놈들?'

칠대세가의 후기지수들만이 아니라 같은 구파일방의 후기지수들도 그를 차갑게 식은 눈빛으로 바라보고 있었던 것이다.

자신을 항상 두려움에 찬 눈빛으로 쳐다보던 곤륜의 정현마저도 눈빛에 흔들림이 없자, 천강진인은 마음속으로 왠지 모를 불안감을 느꼈다.

그러던 그때 유신운이 전혀 생각지 못한 말을 내뱉었다.

"중요 인물들은 모두 자리한 것 같으니, 지금부터 본격적으로 내찰을 시작하겠다."

"내, 내찰?"

"뭐라고?"

내찰이라니.

이게 대체 무슨 말인가.

천강진인과 야율향이 어안이 벙벙하던 찰나.

처척! 처처척!

내찰당원들이 바람처럼 몸을 날려 하나뿐인 내찰원의 문을 가로막았다.

"지금 네놈이 무슨 짓을 벌이고 있는 것인지 아느냐!"

"잘 알고 있으니 제발 그 입 좀 닥쳐라."

천강진인이 잔뜩 흥분하여 소리치자, 유신운이 미간을 찌푸리며 말했다.

"이, 이!"

모욕을 참지 못하고 자신의 검파에 손을 가져가던 천강진인은 이내 이를 악물고 화를 참았다. 자신의 말이 떨어지기 전까지 절대 엮이지 말라던 적양자의 말이 떠올랐기 때문이었다.

순간, 그의 눈동자가 차게 식었다.

'아니, 오히려 잘되었다. 그래, 마음대로 행해 봐라. 내 이 말도 안 되는 짓거리를 증거로 삼아 당주의 자리를 박탈시켜 줄 터이니.'

천강진인이 입을 다물자, 이윽고 유신운의 심문이 시작되었다.

"야율향에게 묻겠다."

"예, 예."

고성을 지르던 야율향은 돌아가는 상황이 여간 심상치 않자 잔뜩 긴장해 있었다.

"맹도들에게 배급되는 식미각의 음식에 매번 극소량의 영약들을 섞는 것이 사실인가?"

"……그렇습니다. 맹도들의 자연스러운 내공의 증진을 위해 양질의 영약을 소량씩 섞어 배급하고 있습니다."

"그렇다면 투입되는 영약은 어떻게 관리가 되는가?"

유신운의 말에 천강진인이 입꼬리를 말아 올렸다. 이제야 유신운이 무슨 수작을 부리는지 감이 온 것이었다.

'하! 꼬투리를 잡을 것이 없어 영약을 빼돌리는 것으로 잡다나. 이 멍청한 놈!'

야율향의 말이 이어졌다.

"영약은 모두 금보당(金寶黨)의 당원들에 의해 철저하게 검사가 이루어집니다. 처음 지급받을 때 1차로 확인하고, 음식을 만들 때 2차로 확인하며. 모든 음식의 배급이 끝나고 난 후, 마지막으로 숙수들의 몸을 철저히 검사합니다. 절대로 뒤로 빼돌릴 수 없습니다."

"그렇다는 건 음식에 영약을 넣는 것은 숙수들만이 가능하다는 말이군."

"……예?"

'어라?'

야율향을 비롯해 천강진인도 당황한 반응을 보였다.

유신운이 주목하고 있는 것은 숙수들이 영약을 빼돌리는

것이 아니었다.

"다음으로 묻겠다. 지난번 방문 때, 각주는 내게 분명히 맹의 부서마다 조리되는 음식들이 다르다고 말했었다."

"……네, 맞습니다."

야율향이 대답하자, 유신운이 곁에 서 있던 제갈군을 통해 무언가를 건넸다.

'……이건?'

제갈군이 건넨 것은 일전에 그가 유신운에게 보여 주었던 식단 일지였다.

한데 일지는 이전과 작은 차이가 있었다. 어떤 식단마다 동그라미로 표식이 되어 있는 것이다.

"표식이 된 음식들을 조리한 이가 누구인가?"

"……갑자기 그건 왜?"

"각주는 묻는 말에만 대답하라."

유신운의 냉혹한 눈빛에 야율향은 침을 꿀꺽 삼켰다. 이어 야율향의 고개가 천천히 돌아갔다.

그의 시선이 닿은 곳.

부숙수 주맹조가 당황한 표정을 짓고 있었다.

유신운의 눈길이 야율향에서 주맹조에게로 향했다.

천강진인을 포함한 모두가 자신을 바라보자 주맹조는 겁에 질린 어린 양처럼 덜덜 떨며 말을 꺼냈다.

"제, 제 음식에 무슨 문제라도 있는 것입니까?"

하나 유신운의 눈빛에는 일말의 동정도 담겨 있지 않았다.

"부숙수 주맹조에게 묻겠다. 그대는 조합 독에 대해 얼마나 알고 있는가?"

조합 독?

독이라고?

유신운이 꺼낸 생전 처음 들어 보는 용어에 천강진인과 야율향이 당혹감을 숨기지 못했다.

"그, 그게 무엇인지?"

"영약은 자연의 정기가 담긴 보물 중의 보물이다. 하지만 아무리 좋은 약도 조금만 잘못 쓰면 독이 되는 법이지. 약이 독이 되는 데에는 수많은 이유가 있지만. 그중에는 다른 무언가와 함께 섭취했을 때 예상치 않은 문제가 발생하는 경우가 있다."

주맹조는 억울하다는 표정을 하고 침묵했다.

유신운이 제 말을 이어 나갔다.

"백년하수오(百年何首烏), 화령선과(火靈仙果), 구지오풍초(九枝烏風草), 한풍설삼(寒風雪蔘). 모두 네놈이 관장한 음식들에 들어간 영약들이다. 그냥 섭취한다면 기운을 증강시키는 최고의 영약이지만……."

유신운이 검지로 야율향의 손에 들린 식단 일지를 가리키며 말했다.

"네놈이 조리할 때 사용한 재료들은 모두 이 영약들의 숨겨진 독성을 발현시키는 것들이었다. 재료와 영약이 합쳐져 만든 음식, 조합 독이 완성된 것이지.”

“마, 말도 안 됩니다! 저는 결코 모르는 일입니다!

“당주 지금의 말에 책임을 질 수 있는 것이오!”

천강진인이 자신의 생각보다 훨씬 심각한 사안에 다급히 말을 꺼냈다.

‘이게 무슨……’

천강진인은 침이 바싹 말랐다.

한데 그럴 수밖에 없었다.

눈앞의 주맹조가 다름 아닌 공동파에 막대한 후원금을 내고, 그의 추천으로 부숙수 자리까지 오른 인물이었기 때문이었다.

“걱정 마시오. 그것은 내가 보증할 수 있으니.”

그러던 그때 가만히 듣고 있던 유의태가 말을 꺼냈다.

“며칠 전 당주가 내게 서신을 보냈소. 거기에는 이 모든 일에 대한 의심이 담겨 있었지. 지난 며칠간, 당주와 함께 조사해 본 결과. 모든 의심은 사실로 드러났소.”

유의태가 분노가 가득한 눈빛으로 주맹조를 노려보았다.

“어느 누구도 쉽사리 감지하지 못할 아주 미세한 독성만을 유발하게 조합했더군. 하지만 이것이 몇 년이 넘게 이어졌다면, 훗날 무림맹의 무사들 중 수많은 이들이 체내에 쌓인 독기 탓에 이유도 모른 채 갑작스러운 주화입마에 빠졌을 것이다."

백수신의 유의태가 보증하자, 유신운의 말에 신빙성이 더해졌다.

"이건 모함입니다! 각주님, 제발 말씀 좀 해 주십시오."

"나, 나는……."

야율향이 유신운의 말에 어찌할 바를 모르고 있던 그때.

"평정산의 석화촌."

유신운이 한마디를 덧붙였다. 그의 입에서 또 다른 이야기가 흘러나오고 있었다.

'석화촌? 거기는 분명…….'

야율향이 들어 본 적이 있는 마을이었다.

그곳은 분명.

"맹에 제출한 서신에 적힌 네놈의 고향이지. 맞나?"

부숙수 주맹조의 고향이었다.

유신운의 말이 이어졌다.

"며칠 전, 내찰당원들을 그곳으로 보냈다."

석화촌에 갔다는 유신운의 말에 주맹조의 눈빛에 찰나의 순간 음습한 기운이 떠올랐다가 금세 사라졌다.

"그리고 당원들은 석화촌에서 평생을 살아 온 촌장을 만났지. 당원들은 네놈의 친척이라 소개하며, 너의 가족들을 만나러 왔다고 했다. 그러자……."

유신운의 차가운 눈빛이 주맹조를 향했다.

"……촌장은 당원들을 수많은 세월이 흐른 무덤으로 안내했지."

무덤이라고?

다음 순간 숨겨졌던 비밀이 밝혀졌다.

"주맹조와 그의 가족들은 이미 30년 전에 역병으로 죽음을 맞이한 지 오래였다! 네놈은 대체 누구냐!"

쿠아아아! 콰아아!

유신운의 마지막 말이 끝난 순간, 주맹조의 몸에서 폭발적인 마기가 터져 나왔다.

쐐애액! 파바밧!

그와 함께 주맹조의 신형이 공기가 찢어지는 파공성과 함께 전광석화처럼 유신운에게 날아들었다.

"죽엇!"

어느새 품속에서 꺼내 든 비수에 담긴 주맹조의 마기는 초절정의 최상급에 달하는 파괴력을 담고 있었다.

천강진인조차 예상을 하지 못한 갑작스러운 기습이었지만.

스슥!

유신운은 너무도 가볍게 몸을 살짝 틀며 주맹조의 공격을 회피해 냈다.

그러곤 몸을 돌리며 자연스럽게 뽑아 든 검을 쾌속하게 휘둘렀다.

콰르르릉! 서거걱!

백색의 뇌기가 넘실거리는 유신운의 검이 찰나의 순간, 세 차례나 교차했다.

투둑! 툭!

그와 함께 주맹조의 몸에서 떨어져 나온 두 팔과 다리 하나가 허공에 튀어 올랐다가 지면을 나뒹굴었다.

"크아아!"

순식간에 팔과 다리를 잃은 주맹조가 유신운의 눈앞에 쓰러졌다. 주맹조가 벌레처럼 몸을 꼬며 고통에 찬 신음을 토해 내기 시작했다.

꽈득!

"끄윽, 끄어걱!"

유신운이 한 손으로 그의 목을 움켜쥐고 들어 올리자, 주맹조가 힘없이 끌려왔다.

"말해라, 네놈의 정체는 무엇이냐?"

유신운의 말에 주맹조는 핏줄이 터져 붉게 물든 두 눈으로 노려보며, 그저 미소를 지어 보일 뿐이었다.

"……신교불패! 만마앙복! 끄륵!"

알 수 없는 말을 내뱉은 주맹조는 눈이 흰자만 남더니, 이내 입에 거품을 물고 죽음을 맞이했다.

어금니 안에 숨겨 둔 독단을 씹은 것이었다.

그러나 주맹조가 남긴 여덟 자의 여파는 지대했다.

"……마교."
유신운이 혼잣말을 내뱉었다.
신교불패 만마앙복.
그것은 천산의 마교도들이 신념처럼 내뱉는 말이었다.

다음 권으로 이어집니다

암살자였던 군주

김기세 판타지 장편소설

**죽음의 신에 의해 세상이 어지러울 때
암살자가 소리 없이 다가와 구원하리라!**

가족을 잃고 왕국 변방에서 평범하게 살아가던
전설의 특급 살수 가브

동생이 생존해 있음을 알고 찾으러 떠나지만
그의 앞에 펼쳐진 것은
누구든 구울이 되어 버리는 흑마법의 세상!

세상을 집어삼키는 것이 마신의 계획임을 깨달은 가브는
대항할 힘을 갖추기 위해 나라를 세우고
군주의 길을 걷기로 결심하는데……!

**군주가 된 암살자는 신도 살해한다!
마음 한편이 서늘해질 다크 판타지가 시작된다!**

꿈의 도약, 로크에서 하십시오
(주)로크미디어에서 신인 작가를 모십니다

즐거운 세상, 로크미디어는 꿈을 사랑하고 도전을 두려워하지 않는 작가 분들의 참신한 작품을 기다리고 있습니다. 21세기 장르 문학계를 이끌어 갈 차세대 선두 주자 (주)로크미디어에서 여러분의 나래를 활짝 펴 보시길 바랍니다.

모집 분야 판타지와 무협을 포함한 장르 문학
모집 대상 아마추어 작가, 인터넷 작가
모집 기한 수시 모집

작품 접수 시 유의 사항

1. 파일명은 작가명_작품명.hwp형식을 갖춰 주십시오.
1. 파일에 들어갈 내용은 다음과 같습니다.
   — 성명(필명인 경우 실명을 밝혀 주세요), 연락처, 이메일 주소
   — 제목, 기획 의도
   — A4용지 1장 분량의 등장인물 소개
   — A4용지 2장 분량의 전체 줄거리
   — 본문
1. 작품이 인터넷에 연재되고 있다면, 게시판명과 사이트의 구체적이고 정확한 주소를 기재해 주십시오.

선택된 작품은 정식 계약 후 출판물로 간행되어 전국 서점에 유통됩니다.
작가 분은 (주)로크미디어의 전폭적인 지원하에 전속 작가로 활동하시게 됩니다.
※ 자세한 내용은 로크미디어 홈페이지(rokmedia.com)를 참조하세요.

(03920)서울시 마포구 성암로 330 DMC첨단산업센터 3층 318호
(주)로크미디어 편집부 신간 기획 담당자 앞
전화 : 02) 3273-5135
www.rokmedia.com   이메일 : rokmedia@empas.com